शेयर मार्केट में मुनाफे के मंत्र

लेखिका की अन्य पुस्तक

शेयर मार्केट में मुनाफे के मंत्र

सुधा श्रीमाली

प्रभात प्रकाशन

प्रकाशक

प्रभात प्रकाशन प्रा. लि.

4/19 आसफ अली रोड, नई दिल्ली–110002

फोन : 011–23289777 • हेल्पलाइन नं. : 7827007777

इ–मेल : prabhatbooks@gmail.com ❖ वेब ठिकाना : www.prabhatbooks.com

संस्करण

2024

पेपरबैक मूल्य

तीन सौ रुपए

मुद्रक

नरुला प्रिंटर्स, दिल्ली

★

SHARE MARKET MEIN MUNAFE KE MANTRA
by Smt. Sudha Shrimali

Published by **PRABHAT PRAKASHAN PVT. LTD.**
4/19 Asaf Ali Road, New Delhi-110002

ISBN 978-93-5048-106-6

₹ 300.00 (PB)

उन लाखों भारतीय निवेशकों को,
जिनकी भविष्योन्मुख की अनेक योजनाएँ
शेयर मार्केट के मुनाफे पर
अश्रित रहती हैं।

भूमिका

सुधा श्रीमाली की नवीनतम पुस्तक फुटकर निवेशकों के लिए भारतीय पूँजी बाजार के बारे में जानकारी हासिल करने के लिहाज से एक महत्त्वपूर्ण कृति है। 25 वर्षों से फुटकर निवेशकों के साथ काम करने के अनुभव के आधार पर मैं निवेश की बुनियादी बातों को समाहित करनेवाली इस पुस्तक की सराहना करता हूँ। इक्विटी मार्केट के ढाँचे और कार्यप्रणाली पर आधारित उनकी पूर्व पुस्तक की सफलता के बाद, अब उन्होंने निवेश की प्रक्रिया के व्यापक उतार-चढ़ावों को अपना विषय बनाया है। सुधा श्रीमाली फुटकर निवेशकों के मनोविज्ञान को बेहतर समझती हैं। उन्होंने इसका मुक्त एवं प्रवाहयुक्त भाषा में वर्णन किया है, जो पाठकों को मंत्रमुग्ध किए रहता है। मुझे विश्वास है कि निवेशकों को इस पुस्ताक को पढ़ने में आनंद आएगा और मार्केट तथा निवेश के बारे में उठनेवाले उनके हजारों संदेह दूर होंगे।

स्टॉक मार्केट के बारे में सारी बातचीत इसके लाभ-हानि के खेल पर खत्म हो जाती है। निवेश एक गंभीर विषय है, जिसके लिए निवेशक के निर्णयों को आकार देनेवाली अनुशासित प्रक्रिया की आवश्यकता होती है। यह रॉकेट विज्ञान नहीं है, जो कुछ सार्वभौमिक अपील बढ़ानेवाली आम धारणाओं तक सीमित हो।

हमारे स्टॉक मार्केट की उत्पत्ति और बियर एंड बुल के चक्र पर आधारित इसकी यात्रा को जानना-समझना नए तथा पुराने निवेशकों के लिए शिक्षाप्रद होगा। यह बाजार के बारे में निवेशकों की समझ को व्यापक बनाती है और उन्हें तर्कसंगत

अपेक्षाओं के लिए तैयार करती है। इतिहास में ऐसे कई उदाहरण हैं, जहाँ फुटकर निवेशकों ने तर्कहीन अपेक्षाएँ करके अपने हाथ जला लिये।

छोटे निवेशकों को यह समझना होगा कि स्टॉक मार्केट कोई जैकपॉट जीतने की जगह नही है। हालाँकि यह सही है कि हमारे समय के कई सफल निवेशकों ने काफी धन कमाया है, लेकिन ऐसा अकसर कई दशकों के व्यवस्थित तथा अनुशासित निवेश से ही हो पाया है। निवेश करने की प्रक्रिया को समझने की आवश्यकता है। संपन्न वर्गों में और उनके बीच विविधता ऐसे प्रमुख विचार हैं, जिन्हें अपनाया जाना चाहिए। हालाँकि हर कोई इसमें महारत हासिल नहीं कर सकता, लेकिन सभी निवेशकों में इतनी समझ तो होनी ही चाहिए कि वे अपने सलाहकारों से सही प्रश्न पूछ सकें।

मुझे एक पुरानी चीनी कहावत याद आ रही है, अगर आप किसी को एक मछली देते हैं तो आप उसकी तत्कालीन भूख की चिंता करते हैं। पर अगर आप उसे मछली पकड़ना सिखाते हैं तो आप उसे अपने पूरे जीवन की देखभाल करना सिखाते हैं। यह फुटकर निवेशकों के लिए अधिक सही नहीं हो सकता। स्टॉक मार्केट के बारे में उन्हें सलाह देना आसान हो सकता है, लेकिन इससे निवेशकों को प्रबुद्ध बनाने में सहायता नहीं मिलेगी। अभी फुटकर इक्विटी वाला वर्ग अपनी प्रारंभिक अवस्था में है, इसलिए निवेशकों को इस बात के लिए शिक्षित करने के लिए ठोस प्रयास करने की आवश्यकता है, जिससे वे विकासशील अर्थव्यवस्था की वित्तीय चुनौतियों का सामना कर सकें।

—श्री दिनेश ठक्कर

(CMD, Angel Broking Ltd.)

अनुक्रमणिका

1. शेयर बाजार.की कहानी 11
2. क्या है शेयर बाजार? 16
3. नए निवेशक : समस्याएँ और समाधान 22
4. शेयर बाजार में उथल-पुथल की कहानी 24
5. आम आदमी के खास बनने की सच्ची कहानी 26
6. निवेश को हॉट रखता है पोर्टफोलियो मैनेजमेंट 38
7. निवेश का कौन सा विकल्प आपके लिए है अनुकूल 45
8. सुरक्षित हो सकता है शेयरों में निवेश 49
9. कंपनी के रिपोर्ट कार्ड से जानें शेयर का हाल 52
10. बी.एस.ई. पर शेयरों के कितने समूह हैं? 57
11. राइट्स इश्यू, शेयर विभाजन और ओपन ऑफर? 59
12. बायबैक का फंडा 63
13. सर्किट व वैल्यू एवरेजिंग क्या है? 66
14. किस तरह होता है टेक्निकल एनालिसिस? 70
15. निवेश के बुनियादी सूत्र क्या हैं? 73
16. निवेश करते वक्त इन सबका हमेशा ध्यान रखें 78
17. थोड़ा-थोड़ा निवेश करके बनाएँ बड़ी रकम 81
18. इक्विटी में निवेश का आसान जरिया है म्यूचुअल फंड 85
19. म्यूचुअल फंड में जोखिम घटाने का तरीके 87

20. डेट में निवेश के विकल्प 90
21. जोखिम तो है, फिर भी एफ.एम.पी. फायदे का सौदा 94
22. म्यूचुअल फंड आँकने का पैमाना? 97
23. कैसे चुनें बेहतरीन म्यूचुअल फंड? 100
24. क्यो सुरक्षित है म्यूचुअल फंड 104
25. म्यूचुअल फंड : सावधानी बरतें 107
26. निवेशकों के आकर्षक का केंद्र बने ये फंड 111
27. शरिया फंड 122
28. शेयर शब्दावली 128

उपयोगी पत्र-पत्रिकाएँ एवं वेबसाइट्स *148*

1

शेयर बाजार की कहानी

1875 में एसोसिएशन के रूप में स्थापना

मुंबई शेयर बाजार का जन्म एक एसोसिएशन के रूप में सन् 1875 में हुआ था, जिसका नाम था 'नेटिव शेयर एंड स्टॉक ब्रोकर एसोसिएशन'। इसके पूर्व शेयरों का सौदा शुरू हो चुका था। 1840 में शेयर दलाल एक वृक्ष के नीचे खड़े होकर शेयरों की खरीद-बिक्री करते थे। वहीं से एसोसिएशन बनाने की रूपरेखा आकार में आई और इसी विचार से एक ऐतिहासिक घटना साकार हुई। भारत उस दौरान ब्रिटिश शासन के अधीन था। 18 जनवरी, 1899 के दिन ब्रिटिश उच्चाधिकारी जे.एस. मेक्लिन द्वारा मुंबई के नेटिव शेयर दलालों के लिए उच्चारित किए गए शब्दों को आज भी गौरव के साथ याद किया जाता है। मेक्लिन के सिद्धांत का तात्पर्य यह था कि मुंबई के नेटिव शेयर दलाल समाज के अभिन्न अंग हैं, जिनको उचित सम्मान नहीं मिलता, परंतु उनके दोषों का ही आकलन किया जाता है। किसी अपवाद के अलावा ये शेयर दलाल प्रामाणिक रहे हैं। उनको भले ही कितना भी नुकसान झेलना पड़ा हो, लेकिन उन्होंने अपने ग्राहकों की पाई-पाई चुकाई है। भारत में पूँजी का यह सबसे बड़ा बाजार है। मुंबई पोस्ट ट्रस्ट एवं मुंबई म्यूनिसिपल्टी जैसी संस्थाओं को नीचे से ऊपर उठाने में सहायक रहा है। वर्तमान में मुंबई के सृजन में इस नेटिव शेयर दलालों की उल्लेखनीय भूमिका है। यह सिद्धांत 21वीं सदी में भी मुंबई के शेयर दलालों के लिए यथार्थ रहा है। अलबत्ता अपवाद तो हमेशा किसी-न-किसी स्वरूप अथवा मात्रा में प्रकट होते रहते हैं।

विश्व का पहला स्टॉक एक्सचेंज

विश्व के पहले शेयर बाजार का जन्म बेल्जियम में हुआ था, ऐसी मान्यता है। बेल्जियम के एंटवर्प शहर में सन् 1531 में बाजार के मुख्य विस्तार के लिए कई व्यापारी इकट्ठा हुए थे। वे शेयर तथा कमोडिटीज में सट्टा करते थे। विश्व का पहला संगठित स्टॉक एक्सचेंज 1602वें वर्ष में एम्सटर्डम में स्थापित हुआ। 18वीं सदी के अंत में न्यूयार्क स्टॉक एक्सचेंज अस्तित्व में आया, जो आज विश्व के शक्तिशाली एक्सचेंजों में गिना जाता है। भारत में इस समय के दौरान हुंडी तथा बिल ऑफ एक्सचेंजों की खरीद-बिक्री व्यापारी वर्ग की सामान्य प्रवृत्ति मानी जाती थी।

बरगद का पेड़ और स्टॉक एक्सचेंज

किसी भी बाजार में शेयरों की खरीद-फरोख्त उसकी माँग और आपूर्ति पर निर्धारित होती है। इस खरीद-बिक्री का रिकॉर्ड रखने का काम स्टॉक एक्सचेंज को अर्थव्यवस्था का बैरोमीटर कहा जाता है। ऐसा माना जाता है कि दुनिया का पहला शेयर बाजार बेल्जियम के एंटवर्प शहर में वर्ष 1531 के आसपास खोला गया था। लेकिन अधिकृत रूप से देखें तो विश्व का पहला शेयर बाजार वर्ष 1602 में नीदरलैंड ने एम्सटर्डम शहर में स्थापित किया गया था। भारत में पहला संगठित स्टॉक एक्सचेंज सन् 1875 में बंबई के स्थानीय दलालों की एक एसोसिएशन के रूप में सामने आया। इसका नाम रखा गया 'नेटिव शेयर एंड स्टॉक ब्रोकर एसोसिएशन'। इस एसोसिएशन की स्थापना से पहले ये दलाल एक बरगद के पेड़ के नीचे खड़े होकर शेयरों की खरीद-फरोख्त करते थे। शेयरों का यह असंगठित बाजार भारत में 1840 के आसपास से ही काम कर रहा था। इसी बरगद के पेड़ के नीचे बी.एस.ई. का जन्म हुआ। यह बरगद का पेड़ वर्तमान हर्नीमल सर्किल के पास टाउनहॉल के नजदीक हुआ करता था। वैसे दलाल संख्या व जरूरत के मुताबिक जगह बदलते रहे और आखिर में उन्हें वर्ष 1874 में आकर एक स्थायी जगह मिली। इसी जगह को अब 'दलाल स्ट्रीट' के नाम से जाना जाता है।

इसके बाद सन् 1894 में अहमदाबाद में स्टॉक एक्सचेंज की स्थापना

की गई। इसमें स्थानीय कपड़ा उद्योग के शेयरों की खरीद-फरोख्त की जाती थी। 1908 में कलकत्ता में भी स्टॉक एक्सचेंज की स्थापना की गई। स्टॉक एक्सचेंज की प्रगति पर दूसरे विश्व युद्ध ने काफी प्रभाव डाला। 1939 में जब लड़ाई शुरू हुई, तब भारत में सिर्फ 7 स्टॉक एक्सचेंज थे और 1945 में लड़ाई खत्म होने तक एक्सचेंजों की संख्या 21 हो गई थी। आज भारत में 24 एक्सचेंज काम कर रहे हैं। भारत में इन एक्सचेंजों को प्रतिभूति संविदा (नियमन) अधिनियम-1956 के अधीन मान्यता प्रदान की जाती है। इसके बाद विभिन्न आधारों पर एक्सचेंजों को तीन श्रेणियों ए, बी और सी में बाँटा जाता है।

बी.एस.ई. की हिंदी वेबसाइट पर जानकारी का खजाना

बी.एस.ई. ने हिंदी भाषी निवेशकों के लिए खास सुविधा उपलब्ध कराई है। 'हिंदी डॉट बी.एस.ई. इंडिया डॉट कॉम' पर आपको सवेरे से देर रात तक विभिन्न कंपनियों तथा एक्सचेंज द्वारा की गई महत्त्वपूर्ण घोषणाएँ हिंदी में उपलब्ध हैं। इतना ही नहीं, इस साइट पर निवेशकों के मार्गदर्शन के लिए महत्त्वपूर्ण जानकारियाँ उपलब्ध रहती हैं। बी.एस.ई. की इस साइट पर रोज शाम को शेयर बाजार के रुझान का विवरण भी उपलब्ध है, जिसके विषय में सामान्यतया आपको अगले दिन अखबार से जानकारी मिलती है या रात को टी.वी. पर समाचारों से। इतना ही नहीं, इस वेबसाइट पर शेयर बाजार से संबंधित अनेक ऐसी महत्त्वपूर्ण जानकारियाँ और आँकड़े उपलब्ध हैं, जिनके आधार पर निवेशक को निवेश का निर्णय लेने में सहायता मिलती है।

प्रथम शेयर मेनिया

सन् 1850 में भारत सरकार ने कंपनीज एक्ट-1850 पारित किया और शेयर ट्रेडिंग का एक नया मार्ग खुला। नया इसलिए, क्योंकि उसके पहले भी शेयरों का सौदा तो होता था, लेकिन नाममात्र के लिए। ट्रेडिंग के लिए बड़ी संख्या में शेयर उपलब्ध हुए बिना इस प्रवृत्ति को गति मिलना संभव

नहीं था। उन दिनों में कॉमर्शियल बैंक, चार्टर्ड बैंक, दि ओरिएंटल बैंक एवं बैंक ऑफ बॉम्बे जैसे मुख्य बैंक स्टॉक जैसे कुछ शेयर ही उपलब्ध होते थे। लोगों में भी शेयर में निवेश करने के लिए लगाव नहीं था। शेयर ट्रेडिंग प्रवृत्ति का प्रमाण भी कम रहता था और यह सिर्फ 6 शेयर दलालों द्वारा चलाया जा रहा था। उस समय न तो ट्रेडिंग हॉल था और न ही शेयर बाजार का मकान। इसके लिए आवश्यक पूँजी भी नहीं थी। इसके बावजूद वर्ष 1860 तक शेयर दलालों की संख्या 60 तक पहुँच गई थी। 1860 में एक ऐसे व्यक्ति प्रकाश में आए, जिन्होंने 'शेयर मेनिया' को जन्म दिया। उनका नाम था प्रेमचंद रॉयचंद। वे पहले भारतीय शेयर दलाल थे, जो अंग्रेजी लिख-पढ़ सकते थे।

प्रेमचंद रॉयचंद ने कई लैंड रीक्लेमेशन सहित अनेक कंपनियों को खड़ा करने में सहायता की थी। शेयरों के सौदों की प्रवृत्ति बढ़ती गई और वैसे-वैसे शेयर दलालों की संख्या भी बढ़कर 200 से 250 तक पहुँच गई। इसके बाद सन् 1865 में अमेरिकी गृहयुद्ध का अंत होने के परिणामस्वरूप इसके विकास के लिए भारत में आनेवाली पूँजी के प्रवाह में कमी आ गई और 'शेयर मेनिया' का भी अंत हो गया। रातोरात शेयरों के भाव नाटकीय ढंग से नीचे गिर गए। परिणामस्वरूप शेयर दलालों के कामकाज ठप हो गए, जिसकी वजह से शेयर दलालों की एसोसिएशन का विचार उनके मन में आया और शेयर दलालों ने एकजुट होकर 1868 व 1873 के बीच एक गैर-औपचारिक एसोसिएशन का गठन किया। 1874 में इन दलालों ने नियमित सौदा करने के लिए एक स्थल की खोज की, जो आज 'दलाल स्ट्रीट' के नाम से प्रसिद्ध है।

3 दिसंबर, 1887 को शेयर दलालों ने इस एसोसिएशन को औपचारिक स्वरूप प्रदान किया और 'दि नेटिव एंड स्टॉक ब्रोकर्स एसोसिएशन' का जन्म हुआ। इस तरह जुलाई 1875 में मात्र 318 व्यक्तियों ने 1 रुपए के प्रवेश-शुल्क के साथ शेयर बाजार, मुंबई की संस्था गठित की। इन्होंने एक प्रस्ताव पारित किया, जिसमें नेटिव शेयर एंड स्टॉक ब्रोकरों के हित, दर्जा एवं स्वरूप की रक्षा के लिए एसोसिएशन के सदस्यों के उपयोग के लिए एक हॉल

अथवा मकान का निर्माण करना निश्चित हुआ। 1887 तक इस निर्णय पर अमल नहीं किया जा सका, परंतु एक ट्रस्ट डीड जरूर बनी और 1887 में इस ट्रस्ट डीड में लिखे गए शब्द वर्तमान मुंबई शेयर बाजार की नींव के पत्थर बन गए। इस तरह आज के बॉम्बे स्टॉक एक्सचेंज (बी. एस.ई.) के रूप में प्रसिद्ध विराट् संस्था की स्थापना इन लोगों के सार्थक प्रयासों से संभव हुई। इस प्रकार एक वृक्ष के नीचे शुरू हुई यह यात्रा आज आधुनिक कॉरपोरेट स्वरूप में वैश्विक मंच पर महत्त्वपूर्ण स्थान बनाकर विकास की दिशा में आगे बढ़ रही है। इस संगठित स्टॉक ट्रेडिंग की शुरुआत 18वीं सदी में ब्रिटिश ईस्ट इंडिया कंपनी द्वारा उसकी विविध प्रवृत्तियों और पूँजी उगाही के लिए जारी हुए टर्म पेपर्स की ट्रेडिंग द्वारा की गई, जिसके साथ ही कॉमर्शियल बैंक, मर्केंटाइल बैंक ऑफ बॉम्बे जैसे बैंकों के शेयरों में भी ट्रेडिंग की शुरुआत हुई।

□

2

क्या है शेयर बाजार?

'शेयर बाजार में 1000 अंकों की ऐतिहासिक उछाल', 'निवेशकों की संपत्ति में 2 लाख करोड़ रुपए की वृद्धि', तो कभी 'शेयर बाजार में 1000 अंकों की भारी गिरावट', 'भारी मात्रा में निवेशकों की पूँजी का सफाया'—इस प्रकार के समाचारों को पढ़कर लाखों लोगों के मन में विभिन्न प्रकार के प्रश्न उठते हैं कि शेयर बाजार में अचानक इस प्रकार का उतार-चढ़ाव क्यों होता है? किसी खास दिन ऐसा क्या हो जाता है, जिससे इस बाजार में अचानक खरबों रुपए की उथल-पुथल हो जाती है? प्रबुद्ध पाठकों को समझ लेना चाहिए कि शेयर बाजार में ऐसा सबकुछ होता है, इसलिए तो यह शेयर बाजार है और इसके इंडेक्स को सेंसेटिव इंडेक्स 'सेंसेक्स' कहा जाता है। इसकी संवेदनशीलता के कारण ही समाज, देश-विदेश में घटने वाली घटनाओं के समाचार से इसमें उतार-चढ़ाव होता है। सेंसेक्स को तो घटने या बढ़ने के लिए बस सिर्फ बहाने चाहिए और जब कोई ऐसा कारण नहीं होता तो बाजार स्थिर बना रहता है। परंतु ऐसे स्थिर बाजार में भला किसकी रुचि होगी!

शेयर बाजार चंचल तो है, परंतु इसकी चंचलता के कारण इसे मात्र सट्टा बाजार नहीं समझना चाहिए। यहाँ सट्टा जरूर है, लेकिन इस बाजार में इसके प्रत्येक खिलाड़ी के लिए अलग-अलग स्टेडियम है। डे-ट्रेडरों के लिए (जो दिन भर निरंतर खरीद-ब्रिकी करते रहते हैं, वे डे-ट्रेडर कहलाते हैं) यह केसिनो- जुआ है, जबकि जो मात्र निवेश करके बाजार में बना रहता है, उनके लिए यह विशुद्ध निवेश बाजार है। इस बाजार में

निवेशक के रूप में रहना ज्यादा सुरक्षित है। उसका निवेश सुरक्षित रहने के साथ-साथ अधिक संपत्ति का सृजन भी कर सकता है।

एक-दो सच्चे किस्सों के आधार पर बात समझाने की कोशिश की जा सकती है। यदि किसी व्यक्ति ने वर्ष 1980 में विप्रो नामक कंपनी में 10 हजार रुपए का निवेश किया होता और उस निवेश को उसने वर्ष 2006 तक सुरक्षित रखा होता तो उसका मूल्य 200 करोड़ रुपए हो गया होता। धीरूभाई अंबानी जब अपनी रिलायंस इंडस्ट्रीज का पहला पब्लिक इश्यू लाए थे, उस समय यदि किसी व्यक्ति ने उनकी कंपनी में 10 हजार रुपए का निवेश किया होता तो वह अब तक 2 करोड़ रुपए हो गया होता। सारांश में, शेयर बाजार में अच्छी कंपनियों का चयन करके जो निवेशक लंबे समय तक उसमें अपना निवेश रखता है, उसे भरपूर फायदा होता है। लंबे समय के लिए शेयरों को खरीदने के लिए इनकी खरीदारी कभी भी की जा सकती है। कारण यह है कि बाजार का मूलभूत स्वभाव ही ऐसा है कि जो धीरज रखता है, उसे भरपूर लाभ मिलता है।

आई.पी.ओ. क्या है?

कोई भी कंपनी जब पहली बार पूँजी जुटाने के लिए सार्वजनिक निर्गम जारी करती है तो इसे 'इनीशियल पब्लिक ऑफर' (आई.पी.ओ.) कहते हैं। सार्वजनिक निर्गम में जिन आवेदकों को शेयरों का आवंटन होता है, शेयरों की सूचीबद्धता के बाद शेयर बाजार के जरिए उन्हें खरीदा-बेचा जा सकता है। सूचीबद्धता के बाद होने वाले सौदों को 'सेकंडरी मार्केट' कहा जाता है। कंपनी जब अपने विद्यमान शेयरधारकों को ही शेयर प्रस्तावित करती है तो ऐसे निर्गम को राइट निर्गम कहा जाता है, जिसमें शेयरधारकों को अपने शेयरों के अनुपात के आधार पर कंपनी के नए शेयरों में आवेदन करने का अधिकार मिलता है। परंतु इन नए शेयरों के लिए आवेदन करना उसका दायित्व नहीं बनता। कंपनी जब निरंतर लाभ अर्जित करनेवाली होती है तो वर्ष-दर-वर्ष लाभ में से कुछ हिस्सा शेयरधारकों को बतौर लाभांश वितरित करती रहती है। बचे हुए लाभ का हिस्सा जब संचित होता है और

उस संचित राशि का पूँजीकरण करके उस राशि से अपने विद्यमान शेयरधारकों को निर्धारित किए गए अनुपात में शेयर नि:शुल्क आवंटित किए जाते हैं तो इसे 'बोनस शेयर' कहा जाता है।

आई.पी.ओ. में आवेदन करते समय ध्यान रखें

किसी भी कंपनी के आई.पी.ओ. में आवेदन करते समय निवेशक को यह जान लेना चाहिए कि कंपनी के प्रमोटर कौन हैं? इन प्रमोटरों का पिछला रिकॉर्ड कैसा है? यदि इन प्रमोटरों की कोई अन्य कंपनी हो तो उस कंपनी का वित्तीय कार्य परिणाम कैसा है? कंपनी किस उद्योग क्षेत्र की है? उस उद्योग की वर्तमान स्थिति एवं भविष्य में क्या संभावनाएँ हैं? कंपनी की भावी योजनाएँ क्या हैं? उसका संभावित कार्य परिणाम कैसा होगा? ऐसे अनेक प्रश्नों का उत्तर कंपनी के ऑफर डॉक्यूमेंट (प्रॉस्पेक्ट्स) में मिल जाता है। इसमें कंपनी के जोखिम पहलुओं की भी जानकारी दी जाती है। अब कंपनियों को अपने आई.पी.ओ. के लिए ग्रेडिंग करवानी पड़ती है। यह ग्रेडिंग क्रिसिल सहित विभिन्न ग्रेडिंग एजेंसियाँ देती हैं। यह ग्रेडिंग कंपनी के फंडामेंटल के आधार पर एक से पाँच के क्रम में दी जाती है। इसमें पहले क्रम की कंपनी फंडामेंटल की दृष्टि से कमजोर समझी जाती है। ऐसी कंपनियों के इश्यू में आवेदन न करना ही अच्छा होता है, जबकि ग्रेड-2 साधारण, ग्रेड-3 अच्छी कंपनी होने का परिचायक है। ग्रेड-4 एवं ग्रेड-5 की कंपनियों का फंडामेंटल मजबूत और उल्लेखनीय स्तर का परिचायक है।

शेयर बाजार में 'पैन' का मतलब

एक बात स्पष्ट रूप से समझ लेनी चाहिए कि शेयर बाजार में निवेश करने का सौदा करने या आई.पी.ओ. में आवेदन करने के लिए भी अब इन्कम टैक्स परमानेंट एकाउंट नंबर (PAN) आवश्यक है। इसी प्रकार शेयर बाजार में कारोबार करने के लिए डीमेट एकाउंट होना भी जरूरी है। पैन कार्ड के बिना डीमेट खाता नहीं खुलवाया जा सकता। इस प्रकार अब

शेयरों का सौदा पैन नंबर के बिना संभव नहीं है। इन्कम टैक्स के पैन नंबर का नाम सुनकर घबराने की आवश्यकता नहीं है। कंप्यूटर के इस युग में इन्कम टैक्स संबंधी पारदर्शिता बढ़ गई है, इसलिए शेयरों का सौदा करनेवाले निवेशकों को इन्कम टैक्स की बहुत चिंता नहीं करनी चाहिए। शेयरों पर मिलनेवाले लाभांश को सरकार ने कर-मुक्त रखा है, अर्थात् कंपनी अपने लाभ में से शेयरधारकों को प्रतिवर्ष लाभांश के रूप में जो राशि देती है, उस पर कोई टैक्स नहीं लगता।

इसके अतिरिक्त शेयर बाजार में निवेश करनेवाले निवेशकों को सरकार ने अन्य कई कर लाभ भी दिए हैं। शेयरधारक किसी शेयर को जब इसके खरीदने के बारह महीने के अंदर बेचकर लाभ कमाता है तो इस लाभ पर शॉर्ट टर्म कैपिटल लाभ कमाया जा सकता है। इसे 'लॉन्ग टर्म कैपिटल गेन' कहा जाता है और इस लाभ पर कोई कर नहीं लगता। इसका अर्थ यह हुआ कि जो निवेशक खरीदे गए शेयरों को बारह महीने के बाद बेचकर उस पर लाभ कमाते हैं तो ऐसे लाभ पर कोई कर नहीं लगता।

शेयर बाजार की जानकारी

निवेशकों के बड़े वर्ग में यह प्रश्न भी उठता है कि बी.एस.ई. और एन.एस.ई. के बीच क्या अंतर है? इतना ही नहीं, विभिन्न राज्यों में विद्यमान शेयर बाजार किनके लिए हैं तथा ये इनसे किस प्रकार भिन्न हैं? बी.एस.ई. (बॉम्बे स्टॉक एक्सचेंज) और एन.एस.ई. (नेशनल स्टॉक एक्सचेंज) ये दोनों संपूर्ण कंप्यूटराइज्ड-ऑनलाइन स्टॉक एक्सचेंज हैं।

बी.एस.ई. देश का ही नहीं, एशिया का सबसे बड़ा स्टॉक एक्सचेंज है, जिस पर सबसे अधिक सूचीबद्ध कंपनियाँ हैं, जबकि एन.एस.ई. को स्थापित हुए लगभग 17 वर्ष हुए हैं। ये दोनों स्टॉक एक्सचेंज आज वैश्विक स्तर के बन गए हैं तथा इसके सदस्य देश के किसी भी कोने से इन एक्सचेंजों से सौदे कर सकते हैं। इसके विपरीत, विभिन्न राज्यों के शेयर बाजार अब वॉल्यूम-विहीन हो गए हैं और अब उन पर होनेवाले सौदों की संख्या नगण्य है। इतना ही नहीं,

ये शेयर बाजार बंद के बराबर हैं, परंतु ये बी.एस.ई. और एन.एस.ई. के सदस्य बनकर उस पर सौदा करते हैं।

सेंसेक्स और अन्य इंडेक्स क्या है?

जब भी शेयर बाजार की बात होती है तो 'सेंसेक्स' शब्द सबसे पहले सुनने या पढ़ने को मिलता है। 'सेंसेक्स ने 20 हजार के स्तर को पार कर लिया' या 'सेंसेक्स टूटा' जैसे शीर्षक अखबारों में पढ़ने या टी.वी. पर सुनने को मिलते हैं। सेंसेक्स बी.एस.ई. या बेंचमार्क सूचकांक है, जिसमें 12 महत्त्वपूर्ण औद्योगिक क्षेत्रों की 30 ब्लूचिप कंपनियों का समावेश है, जिसके कारण इसे बाजार में उतार-चढ़ाव का बैरोमीटर समझा जाता है। सेंसेक्स की घट-बढ़ बाजार की मंदी या तेजी दरशाती है।

निवेशक जब सेंसेक्स में शामिल कंपनियों में निवेश करता है तो इस बात का विश्वास रहता है कि उसने जिन कंपनियों में निवेश किया है, वे फंडामेंटली और विकास की दृष्टि से अत्यंत समर्थ कंपनियाँ हैं। यदि आपको लगे कि सेंसेक्स बढ़ने वाला है तो आप इसके खरीद का वायदा कर सकते हैं और यदि आपकी धारणा है कि सेंसेक्स घटेगा तो आप इसके बेचने का सौदा कर सकते हैं। इस प्रकार के सौदे 'सेंसेक्स फ्यूचर्स के सौदे' कहलाते हैं। बी.एस.ई. के निवेशक कम पूँजी के निवेश में सेंसेक्स में सौदे कर सकें, इसके लिए 'मिनी फ्यूचर्स कांट्रेक्ट' भी शुरू किया गया है।

ब्रोकर की पसंदगी

शेयर बाजार में सौदे सिर्फ पंजीकृत शेयर दलालों के माध्यम से किए जा सकते हैं। निवेशकों को ब्रोकर का चुनाव ध्यानपूर्वक करना चाहिए और इसका चुनाव करते समय उनके ट्रेक रिकॉर्ड, सेवा की गुणवत्ता, ग्राहकों के लिए परामर्श सेवा, शोध इत्यादि के उपरांत उनका आपके साथ व्यवहार कैसा है, इस बात का ध्यान रखना चाहिए। यदि कोई शेयर ब्रोकर सस्ती सुविधा उपलब्ध करता है, दलाली कम लेता है, लुभावनी और आकर्षक

खबरें देता है तो केवल इन गुणों के आधार पर ब्रोकर का चयन करना उचित नहीं है।

इसी प्रकार आपको डीमेट एकाउंट खुलवाते समय डिपॉजिटरी पार्टीसिपेंट (डी.पी.) की आवश्यकता होती है। ब्रोकरी से लेकर बैंकों तक कोई भी आपका डी.पी. हो सकता है। यदि आपको अपने ब्रोकर पर भरोसा हो तो आप उसके पास ही अपना डीमेट खाता निकट के किसी बैंक में खुलवा सकते हैं। वर्तमान में अनेक बैंक डीमेट की सुविधा के साथ ट्रेडिंग एकाउंट की भी सुविधा उपलब्ध करवा रहे हैं। ट्रेडिंग एकाउंट खुलवाते समय डीमेट एकाउंट, पैन कार्ड नंबर, अपना फोटो, पते का प्रमाण, बैंक आदि की जानकारी देनी पड़ती है। अब इस तरह के व्यवहार में पारदर्शिता निरंतर बढ़ रही है।

टिप्स का गणित

शेयर बाजार में बार-बार आपको 'टिप्स' शब्द सुनने को मिलता है। लोग एक-दूसरे को कहते रहते हैं कि कौन सा शेयर तीन महीने में डबल हो जाएगा, आदि-आदि। बाजार की भाषा में ऐसी सलाह को 'टिप्स' कहा जाता है। ऑपरेटर और सटोरिए भारी मात्रा में टिप्स-कल्चर को फैलाते हैं, जिसमें सच्ची-झूठी अथवा अफवाहों पर आधारित जानकारी बाजार में फैलती रहती है। निवेशकों को बाजार में फैली हुई टिप्स से हमेशा सावधान रहना चाहिए। तेजी के समय बाजार में टिप्स कल्चर और ज्यादा विकसित हो जाता है। टिप्स का कोई ठोस आधार नहीं होता, जिसके कारण इसके आधार पर किए गए सौदों में जोखिम की मात्रा काफी होती है। प्राय: देखा गया है कि नए निवेशक बाजार की इन टिप्स के प्रलोभन में आकर अपने पसीने की गाढ़ी कमाई लगा बैठते हैं और बाद में नुकसान उठाने पर पछताते हैं।

□

3

नए निवेशक : समस्याएँ और समाधान

शेयर ब्रोकर का चुनाव कैसे करें?

बी.एस.ई. और एन.एस.ई. की वेबसाइट पर ब्रोकरों की सूची उपलब्ध है। इसके अलावा ब्रोकर भी अपनी जानकारियाँ अनेक माध्यमों से प्रकाशित करवाते रहते हैं। परंतु शेयर ब्रोकर का चुनाव करते समय उसका ट्रेक रिकॉर्ड जरूर लेना चाहिए और यदि वह आपके घर व ऑफिस के निकट हो तो उसका चयन सुविधाजनक होगा। अब तो अनेक बैंक भी ब्रोकिंग का कारोबार करते हैं। उनमें से भी किसी को चुना जा सकता है।

डिपॉजिटरी पार्टिसिपेंट (डी.पी.) के रूप में किसका चुनाव करें?

जहाँ तक हो सके, यदि आपका ब्रोकर ऐसी सेवा उपलब्ध कराता है तो उसी से यह सेवा लें अथवा अपने घर या ऑफिस के निकट इस प्रकार की सेवा उपलब्ध करानेवाले को अपना डी.पी. चुनें। अधिकांश बैंक डी.पी. हैं। उसमें से अपनी पसंद के बैंक के पास डीमेट खाता खुलवाएँ। आप अपने डीमेट एकाउंट का रिकॉर्ड ठीक-ठाक रखें, उसको दी जानेवाली सूचना ठीक से रखें। अपनी इंस्ट्रक्शन स्लिप को सँभालकर रखें।

कंपनियों, ब्रोकरों या डी.पी. के विरुद्ध शिकायत हो तो क्या करें?

कंपनियों के विरुद्ध शिकायत होने पर शेयर बाजार के इन्वेस्टर सर्विस विभाग के अतिरिक्त सेबी से संपर्क किया जा सकता है। ब्रोकर के विरुद्ध

शिकायत होने पर शेयर बाजार में शिकायत की जा सकती है और यदि शेयर बाजार संतोषजनक समाधान न करे तो इसकी शिकायत सेबी से भी की जा सकती है। डी.पी. के विरुद्ध शिकायत होने पर यह शिकायत डिपॉजिटरी के पास की जा सकती है। इस मामले में भी अंतिम पड़ाव सेबी ही है।

कंपनियों के बारे में जानकारी लेने का क्या रास्ता है?

बिजनेस चैनलों, अखबारों और आर्थिक समीक्षा करनेवाली कंपनियाँ इससे संबंधित समाचार देती रहती हैं। इसके अतिरिक्त शेयर बाजार की वेबसाइट पर भी कंपनियों के परिणाम से लेकर अन्य डेवलपमेंट के समाचार आते रहते हैं। कंपनियों की स्वयं की वेबसाइट पर भी जानकारियाँ उपलब्ध हैं। स्वतंत्र रिसर्च एजेंसियाँ और ब्रोकरों की रिसर्च रिपोर्टों की जानकारियाँ भी समय-समय पर प्रकाशित होती रहती हैं। टी.वी. न्यूज चैनलों पर भी कंपनियों के नवीनतम समाचार आते रहते हैं।

शेयर ब्रोकर या डी.पी. के पास खाता खुलवाने के लिए क्या करना पड़ता है?

शेयर ब्रोकर को एक ग्राहक के रूप में आपको तमाम जानकारी देनी होती है और एक करार पर हस्ताक्षर करने होते हैं। तदुपरांत ब्रोकर आपको एक 'यूनिक आइडेंटीफिकेशन' नंबर देता है। इस प्रकार डी.पी. को भी अपनी जानकारी देनी होती है। विशेष बात यह है कि खाते खुलवाने के लिए आपको अपना इन्कम टैक्स पैन (परमानेंट एकाउंट) नंबर देना जरूरी है। इसके बिना ब्रोकर या डी.पी. के पास खाता नहीं खुलवाया जा सकता है। शेयर बाजार में सौदा करने या शेयर रखने के लिए पैन अब आवश्यक हो गया है।

□

4

शेयर बाजार में उथल-पुथल की कहानी

तारीख 21 जनवरी, 2008, दिन सोमवार, जगह दलाल स्ट्रीट, मुंबई। यहाँ हर चेहरे पर मुर्दनी छाई हुई है। कुछ लोग पूरी तरह बरबाद हो चुके हैं। कल तक जो करोड़पति थे, आज उनकी जेबें एकदम खाली हैं। शेयर बाजार के भूकंप की यह सुबह भारतीय शेयर बाजार का 'काला सोमवार' कहलाएगा। आज के दिन बाजार 1408.35 अंक गिरा। महज एक दिन में इतिहास की यह सबसे बड़ी गिरावट थी। इस नुकसान को अगर भारतीय मुद्रा में नापें तो बात समझ में आती है। एक ही दिन में यह शेयर बाजार निवेशकों के करोड़ों रुपए निगल गया। छोटे व्यापारी से लेकर बड़े पूँजीपति तक इसकी मार की जद में आ गए। इस गिरावट को लेकर सभी के अपने-अपने आकलन थे। विशेषज्ञ शेयर बाजार की इस उलटी करवट के लिए अमेरिकी बाजार में आई मंदी को जिम्मेदार मान रहे थे। स्थिति इतनी खराब हो गई कि शेयर दलाल सेबी के खिलाफ सड़क पर उतर आए। इस 'काले सोमवार' ने न सिर्फ मुंबई, बल्कि पूरी दुनिया के शेयर बाजारों को हिलाकर रख दिया। कई मजबूत माने जानेवाले सूचकांक भी खुलते ही धम्म से जमीन पर आ गए। सूचकांक में गिरावट अप्रत्याशित नहीं थी, क्योंकि पूरा हफ्ता ही शेयर बाजार को मायूस करने वाला था।

जहाँ एक ओर पूरी दुनिया का मीडिया इस गिरावट पर हाय-तौबा मचा रहा था, वहीं आम आदमी के लिए यह एक रोमांचक खबर के अलावा कुछ नहीं था। ज्यादातर लोगों को इतने बड़े नुकसान का मतलब ही समझ नहीं

आया। शेयर बाजार की दुनिया से दूरी ने लोगों को इस त्रासदी का सही अंदाजा ही नहीं लगने दिया और शेयर बाजार का यह सुनामी लोगों की सहानुभूति को विशेषज्ञों के साथ नहीं जोड़ पाया, क्योंकि आम आदमी के लिए ये सब महज एक जुआ है। आम आदमी इस दुनिया के बारे में बहुत ही कम जानता है और न जाने कितने पूर्वग्रह पाले बैठा है। हालाँकि सूचना-क्रांति ने इसकी शब्दावली को काफी प्रचलित कर दिया है, लेकिन उसके वास्तविक अर्थ से लोगों का कम ही परिचय है। शेयर बाजार को लेकर बहुत से प्रश्न मन में उठते हैं। इन प्रश्नों के जवाब एक आम निवेशक की सफलता से मिल सकता है। इस आम निवेशक जिसका नाम हीरेन भाई है, की कहानी से समझते हैं।

□

5

आम आदमी के खास बनने की सच्ची कहानी

आम आदमी को शेयर बाजार की अबूझ पहेली को समझने के लिए हीरेन भाई की कहानी समझनी पड़ेगी। इस कहानी में वीरेन भाई भी एक किरदार हैं, जो एक बड़े उद्योगपति हैं और शेयर बाजार में उनकी कंपनी को प्रतिष्ठित माना जाता है। यह हीरेन भाई जैसे आम आदमी की वीरेन भाई के बराबर या उनसे आगे जाने की कहानी है। जैसाकि अभी बताया गया कि हीरेन भाई एक आम आदमी हैं, जो एक साधारण नौकरी करते हैं। इस आय में वे अपने परिवार की जरूरतों को तो पूरा कर लेते हैं, लेकिन जीवन को ज्यादा खुशहाल बनाने के लिए उन्हें अतिरिक्त आय के स्रोत की जरूरत महसूस होती है। शेयर बाजार को वे अतिरिक्त आय के विकल्प के रूप में देखते हैं; लेकिन वे पैसा लगाने में झिझक भी रहे हैं, क्योंकि उन्हें इस क्षेत्र की कोई समझ नहीं है। इस समस्या के समाधान के लिए उन्होंने शेयर बाजार विशेषज्ञ की ओर रुख किया। वे समझना चाहते थे कि शेयर क्या होता है और उसमें निवेश करने से फायदा किस तरह होता है?

बड़ी कंपनी के छोटे मालिक

शेयर का हिंदी में अनुवाद करें तो इसका अर्थ होता है—बाँटना। वास्तव में यह प्रक्रिया बाँटने की ही है। इसे वीरेन भाई समझा सकते हैं। वीरेन भाई एक जाने-माने व्यापारी हैं और उनके पास व्यवसाय का अच्छा

अनुभव है। वे अपने व्यवसाय को आगे बढ़ाना चाहते हैं। इस विस्तार के लिए उनके पास पर्याप्त पैसा नहीं है, लेकिन एक अच्छी कार्ययोजना है। बैंक से भी इतनी बड़ी राशि उधार नहीं मिल सकती। अब उनके पास पूँजी एकत्रित करने का एक ही रास्ता है। वे अपनी योजना में आम आदमी को हिस्सेदार बना लें। वह शेयर जारी करके आम जनता से अपनी इस योजना में भागीदार होने को कहते हैं। शेयर यानी हिस्सेदारी उनकी कंपनी की तरफ से एक प्रस्ताव है, जो आप निश्चित रकम पर खरीद सकते हैं। इस तरह एक आम आदमी अपनी पूँजी के हिसाब से उस कंपनी की हिस्सेदारी खरीदता है और लाभ में हिस्सेदार हो जाता है। हीरेन भाई अपना निवेश ऐसी ही कंपनी में छोटे हिस्सेदार के रूप में करेंगे। लेकिन हीरेन भाई का अगला सवाल है कि इस हिस्सेदारी की भी कुछ शर्तें होती होंगी और क्या उन्हीं शर्तों के आधार पर अलग-अलग तरह के शेयर होते हैं?

तरह-तरह की हिस्सेदारी

हीरेन भाई किसी पब्लिक लिमिटेड कंपनी से दो तरह के शेयर खरीद सकते हैं। पहले तरह के शेयर को 'अधिमानित शेयर' कहते हैं और दूसरे तरह के शेयर को 'इक्विटी शेयर' कहते हैं।

1. अधिमानित शेयर (प्रिफरेंशियल शेयर) : अधिमानित शेयर पर हीरेन भाई को एक निश्चित दर से लाभांश प्राप्त करने की सुविधा मिलती है। इस तरह के शेयरधारक को लाभ में से सबसे पहले हिस्सा मिलता है। इस शेयरधारक यानी हीरेन भाई को कंपनी का हिस्सेदार नहीं माना जाता है। लाभ के आधार पर अधिमानित शेयर भी तीन तरह के होते हैं–

क. असंचयी अधिमानित शेयर (नॉन-क्युमूलेटिव प्रीफरेंशियल शेयर) : यदि कंपनी किसी कारणवश पहले साल लाभ नहीं कमाती है और इसकी जगह दूसरे वर्ष में लाभ कमाती है तो इस स्थिति में हीरेन भाई दोनों वर्ष में लाभ प्राप्त करने का दावा नहीं कर सकते हैं।

ख. संचयी अधिमानित शेयर (क्युमूलेटिव प्रीफरेंशियल शेयर) : यदि संस्था या कंपनी किसी वजह से पहले वर्ष लाभ नहीं कमाती और

दूसरे वर्ष लाभ की स्थिति में आती है तो इस स्थिति में हीरेन भाई दोनों वर्ष लाभ प्राप्त करने का दावा कर सकते हैं।

ग. विमोचनशील अधिमानित शेयर (टिडीम्ड क्युमूलेटिव प्रीफरेंशियल शेयर) : इस तरह के शेयरधारक को उसकी पूँजी का निश्चित समय के बाद लाभांश के साथ लौटा दी जाती है। इस प्रकार के शेयरधारकों का कंपनी से जुड़ाव पूरी तरह अल्पकालिक होता है और कंपनी की इच्छा पर निर्भर करता है।

2. इक्विटी शेयर : इस शेयर को आमतौर पर ऑर्डिनरी शेयर के नाम से भी जाना जाता है। इक्विटी ही किसी कंपनी में हिस्सेदारी को निर्धारित करती है। वास्तव में इक्विटी शेयरधारक कंपनी के हितों व अहितों से सीधा जुड़ा होता है और कंपनी के लाभ-हानि का उस पर सीधा प्रभाव पड़ता है। यदि हीरेन भाई इस तरह के शेयर खरीदते हैं तो उनका लाभ कंपनी के लाभ से जुड़ जाता है। यदि कंपनी हानि कमाती है तो उसके शेयरों का मूल्य प्रभावित होता है और हीरेन भाई को नुकसान होता है। यदि कंपनी लाभ कमाती है तो हीरेन भाई को भी लाभ होता है। इसे कंपनी की सदस्यता के रूप में परिभाषित किया जाता है और इसे कंपनी के फैसलों पर अपनी राय और मत देने का अधिकार प्राप्त होता है।

ध्यान देनेवाली बात यह है कि इक्विटी शेयरधारकों को उनका लाभ अधिमानित शेयरधारकों को उनका लाभ देने के बाद भी बाँटा जाता है। आजकल 'शेयर' शब्द का अर्थ इक्विटी शेयर से भी लगाया जाता है।

बोनस शेयर का फायदा

हीरेन भाई की कंपनी को इस वर्ष बहुत ज्यादा लाभ हुआ है। ऐसे में कंपनी के पास लाभांश का वितरण करने के पश्चात् भी काफी धन शेष रह जता है। इस लाभांश को बाँटने के लिए उन्हें इक्विटी शेयर की शक्ल दे दी जाती है और उन्हें अनुपात में अपने शेयरधारकों के बीच बाँट दिया जाता है। इन अतिरिक्त शेयरों को ही बोनस शेयर कहते हैं। इस प्रक्रिया में कंपनी के शेयरधारकों की संख्या में कोई बदलाव नहीं

होता है, लेकिन हीरेन भाई के पास शेयर की संख्या बढ़ जाती है। बोनस शेयर का सबसे बड़ा लाभ यह होता है कि सरकार को अधिक लाभ पर कर नहीं देना पड़ता।

राइट इश्यू का माजरा

हीरेन भाई ने जिस कंपनी में धन लगाया है, वह नए शेयर जारी करती है, लेकिन कंपनी हिस्सेदारों की संख्या नहीं बढ़ाना चाहती है। ऐसी स्थिति में कंपनी अपने पुराने शेयरधारकों को ही उनके शेयर के अनुपात में नए शेयर जारी कर देती है। इन शेयरों को अंकित मूल्य के बराबर या फिर बाजार मूल्य से कम दाम पर शेयरधारकों को मुहैया करवाया जाता है। ऐसे शेयर ही 'राइट इश्यू' कहलाते हैं।

बाजार प्रतिष्ठा और बाजार मूल्य

शेयर की खरीद-फरोख्त के आधार पर दो तरह के बाजार होते हैं। कोई भी कंपनी अपने शेयर प्राथमिक बाजार या प्राइमरी मार्केट में ही जारी करती है। शेयर बाजार में आने से लेकर आवंटित और सूचीबद्ध होने तक सारा काम इसी बाजार में किया जाता है। प्रत्येक शेयर पर एक निश्चित मूल्य अंकित होता है, जिसे कंपनी का प्रमोटर्स यानी वीरेन भाई निर्धारित करते हैं। कंपनी इसी मूल्य पर शेयर को प्राथमिक बाजार में जारी करती है। इसके बाद आगे की खरीद-फरोख्त के लिए द्वितीयक बाजार यानी सेकंडरी मार्केट होता है। सीधे शब्दों में कहा जाए तो यदि हीरेन भाई अपने शेयर सीधे कंपनी से खरीदते हैं तो यह सौदा प्राथमिक बाजार में होगा। द्वितीयक बाजार में शेयर का सौदा अंकित मूल्य से ज्यादा होगा। यह कंपनी की बाजार प्रतिष्ठा पर निर्भर करता है। कंपनी की बाजार प्रतिष्ठा जितनी ज्यादा होगी, उसके शेयरों का बाजार मूल्य भी उतना ही ज्यादा होगा। शेयर को समझने के बाद हीरेन भाई के पास दूसरी समस्या यह थी कि इन शेयरों को कहाँ खरीदा-बेचा जाता है और इसकी प्रक्रिया क्या है? कहने का मतलब शेयर बाजार क्या है और यह किस तरह काम करता है?

बाजार में बाजीगरी

वीरेन भाई को हम किसी कंपनी का मुखिया मानते हैं जो पूँजी एकत्रित करने के लिए बाजार में आता है। वीरेन भाई या कोई कंपनी अपने शेयरों को जारी तो करना चाहती है, लेकिन इन शेयरों को बेचने के लिए उन्हें शेयर बाजार का सहारा लेना पड़ेगा। शेयर बाजार में नई व पुरानी प्रतिभूतियाँ और शेयर बेचे तथा खरीदे जाते हैं। वीरेन भाई शेयर बाजार के माध्यम से अपने शेयर बेचकर पूँजी उगाहेंगे और उनकी संस्था पब्लिक लिमिटेड कंपनी के रूप में जानी जाएगी। प्रत्येक पब्लिक लिमिटेड कंपनी के शेयर स्टॉक एक्सचेंज में सूचीबद्ध होते हैं। इस प्रकार की कंपनी को शुरू करनेवाले व्यक्ति या संस्था को कंपनी प्रोत्साहक या प्रमोटर्स कहा जाता है। वीरेन भाई अपनी कंपनी के प्रोत्साहक या प्रमोटर हैं। प्रोत्साहक या प्रमोटर की संख्या ज्यादा भी हो सकती है। ये प्रोत्साहक ही कंपनी के नियमों को निर्धारित करते हैं। शेयरों की संख्या प्रतिशत और मूल्य आदि भी यही प्रोत्साहक निर्धारित करते हैं। कंपनी का गठन हो जाने के पश्चात् उसका कंपनी रजिस्ट्रार द्वारा पंजीयन किया जाता है। इसके बाद ही किसी कंपनी को शेयर या ऋणपत्र जारी करने का अधिकार प्राप्त हो जाता है। शेयर और ऋणपत्र में एक बड़ा अंतर होता है। शेयर कंपनी में स्वामित्व को निर्धारित करता है, जबकि ऋणपत्र पर एक निश्चित रूप से ब्याज अदा किया जाता है। शेयरधारक को कंपनी के लाभ के आधार पर उसका हिस्सा दिया जाता है।

हीरेन भाई का शुरुआती दौर

शेयर बाजार के बारे में इतनी जानकारी लेने के बाद हीरेन भाई अब इस स्थिति में आ गए थे कि निवेश की शुरुआत की जा सकती है। हालाँकि वे अभी भी थोड़े असमंजस में थे कि शुरुआत किस तरह की जाए। कुछ पुराने दोस्त, जो इस बाजार में पहले से काम कर रहे थे, उन्होंने हीरेन भाई को एक डीमेट एकाउंट खुलवाने की सलाह दी। दोस्तों ने बताया कि डीमेट एकाउंट के बिना शेयर खरीद पाना नामुमकिन है। यह शेयर बाजार में निवेश करने की अनिवार्य शर्त है। हीरेन भाई के लिए अब यह जानना जरूरी था

कि डीमेट एकाउंट क्या होता है और किस तरह इस खाते की देख-रेख की जाती है।

बिना बैंक का खाता

जिस तरह मुद्रा के परिचालन और सुरक्षा के लिए आपको बैंक की जरूरत होती है, ठीक उसी तरह शेयर बाजार में शेयर की खरीद-फरोख्त के लिए डीमेट एकाउंट की जरूरत पड़ती है। डीमेट का अर्थ 'डीमेटरिलाइज' से लगाया जाता है। इसका मतलब है कि आपको किसी कंपनी की संपत्ति अमौखिक या अप्रत्यक्ष रूप से प्राप्त हो गई है। उसी का हिसाब-किताब रखने के लिए डीमेट एकाउंट की व्यवस्था की गई है। ऐसा इसलिए भी किया गया है, क्योंकि भौतिक रूप से लेन-देन के दौरान संपत्ति के फर्जी होने, चोरी होने या फिर नकली होने की आशंका समाप्त हो जाए। दरअसल यह एक तरह का बैंक एकाउंट होता है, जिसमें मुद्रा का स्थान शेयर ले लेता है। डीमेट एकाउंट खुलवाने के लिए आपको निकटतम डिपॉजिटरी तक अपनी पहुँच बनानी होगी। डीमेट एकाउंट मूल प्रमाण-पत्र की अनिवार्यता को समाप्त कर देता है। आप जब भी नए शेयर खरीदते या बेचते हैं, उसी के हिसाब से इस एकाउंट को दुरुस्त कर दिया जाता है।

डिपॉजिटरी की पहेली

सन् 1992 के शेयर घोटाले के बाद से ही सरकार कोई ऐसा तरीका खोजना चाह रही थी, जिसमें शेयरों के व्यापार पर नजर रखी जा सके और उसे नियमित बनाया जा सके। इसी बात को ध्यान में रखकर सरकार ने शेयर प्रमाण-पत्रों का भौतिक आदान-प्रदान रहित निक्षेप नीति (डिपॉजिटरी) प्रणाली अपनाने का फैसला किया। इस प्रणाली में शेयरों के स्वामित्व को साबित करने के लिए किसी प्रकार का कोई प्रमाण-पत्र नहीं रखना होता है। इसका उद्देश्य मालिकाना हक के रख-रखाव से संबंधित होता है। सेबी ने डिपॉजिटरी अधिनियम के अंतर्गत दो डिपॉजिटरी कंपनियों—नेशनल सिक्यूरिटीज डिपॉजिटरीज लिमिटेड (एन.एस.डी.एल.) और सेंट्रल

डिपॉजिटरी सर्विसेज इंडिया लिमिटेड (सी.डी.एस.आई.एल.) को पंजीकृत कर दिया है। यह दोनों डिपॉजिटरीज ही डीमेट एकाउंट की देख-रेख करती हैं।

हीरेन भाई को अब यह समझ में आ चुका था कि शेयर बाजार में जाने का रास्ता डीमेट एकाउंट से होकर जाता है। हीरेन भाई डीमेट एकाउंट खुलवाने में सफल हो जाते हैं। शेयर बाजार में निवेश करनेवाली कई बड़ी कंपनियों से लेकर छोटे ब्रोकर तक डीमेट एकाउंट खुलवाने का काम करते हैं। डीमेट एकाउंट खुलवाने के बाद हीरेन भाई के सामने दूसरी बड़ी समस्या यह आई कि वह किन कंपनियों में निवेश करें, ताकि ज्यादा धन सुरक्षित तरीके से कमा सकें। इस बाबत हीरेन भाई ने एक ब्रोकर या दलाल से संपर्क किया। ब्रोकर ही शेयर बाजार के तमाम सौदों को अंजाम तक पहुँचाते हैं। वे शेयर के खरीदार और विक्रेता के बीच सेतु का काम करते हैं।

निवेश की रणनीति

हरेक एक्सचेंज खरीद व फरोख्त के काम पर नजर रखते हैं, इसलिए यह आवश्यक हो जाता है कि सभी खरीद-फरोख्त एक निश्चित चैनल या स्रोत के जरिए हो, जिसके बारे में स्टॉक एक्सचेंज जानता हो और वह भी एक्सचेंज को जानकारी मुहैया करवाने के लिए प्रतिबद्ध हो। दलाल या ब्रोकर इसी चैनल का काम करते हैं। दलाल बनने के लिए व्यक्ति को सबसे पहले अपने आपको उस एक्सचेंज में, जिसमें वह काम करना चाहता है, पंजीकृत करना पड़ता है। पंजीकरण के बाद वह अधिकृत रूप से शेयरों के बेचने-खरीदने का काम कर सकता है। कोई भी व्यक्ति उसकी सहायता से शेयर खरीद व बेच सकता है और बदले में ब्रोकर को कुछ रकम कमीशन के रूप में प्राप्त होती है। इस तरह की सभी खरीद-फरोख्त का रिकॉर्ड ब्रोकर एक्सचेंज को मुहैया कराता है। हीरेन भाई को उस ब्रोकर ने कुछ सुझाव दिए, जिस पर कुछ दिन विचार करने के बाद उन्होंने अपनी जमा-पूँजी को तीन भागों में बाँटा। पहला भाग उन्होंने प्रतिष्ठित शेयरों या ब्लूचिप शेयर को खरीदने में खर्च किया।

ब्लूचिप की बचत

ऐसी प्रमुख लोकप्रिय कंपनियों के शेयर, जो पिछले कई वर्षों से लगातार उन्नति कर रहे हों, आगे बढ़ रहे हों तथा भविष्य में भी और विकास होने की संभावना हो, ऐसी कंपनियाँ ब्लूचिप्स कंपनियाँ और इनके शेयर ब्लूचिप्स शेयर कहलाते हैं। हीरेन भाई ने बाकी बचे पैसों का दूसरा भाग म्यूचुअल फंड्स में डाल दिया और तीसरे भाग को एक आई.पी.ओ. में निवेशित किया।

फायदेवाले म्यूचुअल फंड्स

यह शेयर बाजार में निवेश का एक तरीका होता है। इस तरीके में बड़े बैंक और इन्वेस्टर आम आदमी से पैसा इकट्ठा करके विशेषज्ञों की राय पर निवेश करते हैं। इस प्रक्रिया में नुकसान होने की संभावना सबसे कम होती है, लेकिन 100 प्रतिशत फायदे की संभावना यहाँ भी नामुमकिन शर्त है।

आई.पी.ओ. का पहला कदम

यह किसी प्राइवेट कंपनी का पब्लिक कंपनी की राह पर पहला कदम होता है। यह किसी प्राइवेट कंपनी का पहला स्टॉक सेल होता है। इसके बाद प्राइवेट कंपनी पब्लिक कंपनी में बदल जाती है। आई.पी.ओ. का इस्तेमाल ज़्यादातर छोटी और मझोली कंपनियों के द्वारा किया जाता है। लेकिन कई बार बड़ी कंपनियाँ भी इसका इस्तेमाल करती हैं। इस प्रस्ताव में कोई कंपनी आम जनता के पास अपनी योजना लेकर जाती है और उसमें निवेश करने के लिए आमंत्रित करती है। वैसे आई.पी.ओ. को जोखिम भरा क्षेत्र माना जाता है, क्योंकि निवेशक को और खासकर छोटे निवेशक को यह पता नहीं होता है कि यह कंपनी आगे किस तरह काम करेगी और उसका बाजार भविष्य क्या होगा? इसमें धन लंबे समय के लिए फँस जाता है और सफलता भी अनिश्चित होती है।

इन तीनों भागों में निवेश करने से हीरेन भाई के नुकसान की संभावना

कम हो गई और फायदे की संभावना में बढ़ोतरी हो गई। शेयर बाजार का सूत्र है कि कभी सारी पूँजी निवेश के किसी एक विकल्प में मत निवेशित करो। अगर आपके पास 100 रुपए हैं तो उसे शेयर, बॉण्ड, बैंकस्पुडी, गोल व अन्य बचत विकल्पों में निवेश करें। हीरेन भाई का निर्णय फायदेवाला साबित हुआ। उनका हौसला बढ़ा और उन्होंने कुछ बड़े सौदों की तरफ ध्यान देना शुरू कर दिया। उनके पास अब इतना पैसा था कि वे उससे कुछ बड़ी कंपनियों के शेयर भी खरीद सकते थे। आखिर में वे ऐसा करने में सफल रहे। लेकिन एक दिन उनके ब्रोकर ने बताया कि सेंसेक्स नीचे आ गया है, इसलिए उनके शयरों के भाव कम हो गए हैं और वे फिलहाल लाभ लेने की स्थिति में नहीं हैं। हीरेन भाई यह समझ नहीं पा रहे थे कि आखिर सेंसेक्स गिरने से उन्हें नुकसान कैसे हो गया? उनके मन में सेंसेक्स को लेकर कुछ सवाल थे। उन्हें अभी भी सूचकांक का गणित समझ नहीं आया था, क्योंकि वे अभी इस प्रक्रिया में न उलझकर अब तक ब्रोकर के सुझावों और व्यापारिक संभावनाओं के आधार पर ही फैसले ले रहे थे।

बाजार का थर्मामीटर

बाजार की स्थिति नापनेवाला थर्मामीटर ही इंडेक्स कहलाता है। किस स्टॉक एक्सचेंज के शेयरों की माँग कितनी ज्यादा या कम है, इसका निर्धारण इंडेक्स देखकर किया जाता है। इंडेक्स ज्यादा होने या ऊपर जाने का मतलब बाजार के मजबूत होने से है। इस स्थिति में शेयरों की माँग बढ़ती है और उनके दाम भी बढ़ जाते हैं। इंडेक्स कम होने या फिर नीचे आने का मतलब बाजार कमजोर होने से है। ऐसी स्थिति में शेयरों की माँग कमजोर हो जाती है और शेयरों के दाम गिर जाते हैं। इंडेक्स बाजार को प्रभावित नहीं करता, क्योंकि वह तो खुद बाजार से प्रभावित होता है।

सेंसेक्स की कहानी

सेंसेक्स बॉम्बे स्टॉक एक्सचेंज का एक सूचकांक है। यह सूचकांक वर्ष 1986 में अस्तित्व में आया था। सेंसेक्स का पूरा नाम सेंसिटिव इंडेक्स है।

'सेंसेक्स' शब्द का पहली बार इस्तेमाल एक आर्थिक विश्लेषक दीपक मोहानी ने किया था। सेंसेक्स बी.एस.ई. की 30 बड़ी कंपनियों के शेयर पर आधारित होता है। इसका आधार वर्ष 1978–79 है। आधार वर्ष का मतलब यह है कि इस वर्ष में सेंसेक्स की गणना 100 से शुरू हो गई थी। आधार वर्ष की शुरुआत 1 अप्रैल, 1979 से मानी जाती है। अन्य इंडेक्सों की तरह ही सेंसेक्स के ऊपर चढ़ने का मतलब शेयरों के भाव उछलने से लगाया जाता है और सेंसेक्स का लुढ़कना शेयरों के गिरते भावों की तरफ इशारा करता है। सेंसेक्स की गणना करने के लिए फ्री फ्लोट मार्केट कैपिटलाइजेशन विधि का इस्तेमाल किया जाता है। इसमें बाजार की सबसे बड़ी 30 कंपनियों को शामिल किया जाता है। सूचकांकों की गणना की यह सबसे सटीक और प्रचलित विधि है।

मार्केट कैप (बाजार पूँजीकरण) का गणित

किसी कंपनी का शेयर मूल्य ही मार्केट कैप कहलाता है। इसे वीरेन भाई के उदाहरण से समझा जा सकता है। वीरेन भाई ने बाजार में अपनी कंपनी के दस शेयर जारी किए हुए हैं और उनकी बाजार कीमत 10 हजार रुपए प्रति शेयर है तो उनकी कंपनी के शेयरों की कीमत को शेयरों की संख्या से गुणा करने पर उनकी कंपनी का मार्केट कैप निकाला जा सकता है। सीधे शब्दों में, यदि किसी कंपनी के शेयर के बाजार मूल्य को उस कंपनी के शेयरों से गुणा किया जाए तो प्राप्त होनेवाला गुणनफल ही कंपनी का 'मार्केट कैप' कहलाता है। इसी मार्केट कैप के आधार पर कंपनियों का वर्गीकरण लार्ज कैप (बड़ी कंपनी), मिड कैप (मझोली कंपनी) और स्मॉल कैप (छोटी कंपनी) के रूप में किया जाता है।

फ्री फ्लोट मार्केट कैप नाम सेंसेक्स

सेंसेक्स में शामिल की जानेवाली 30 कंपनियों का फ्री फ्लोट मार्केट कैप निकाला जाता है। इसके बाद इन सभी कंपनियों के मार्केट कैप को जोड़कर कुछ गणना की जाती है। अब इसकी गणना सेंसेक्स के आधार वर्ष

के सापेक्ष की जाती है। इस आधार पर जो परिणाम सामने आता है, वही सेंसेक्स का अंक है। उदाहरण के लिए, यदि 100 करोड़ के लिए सेंसेक्स का अंक यदि 4 था तो 200 करोड़ के लिए यह 8 पर निर्धारित होगा और 400 करोड़ के लिए यह 16 अंक पर निर्धारित होगा। मार्केट कैप में बदलाव शेयरों में वृद्धि या फिर शेयरों के मूल्य में बढ़ोतरी या कमी के कारण हो सकता है।

विश्वास वाले शेयर

बी.एस.ई. ने कंपनियों और प्रदर्शन के आधार पर शेयरों को श्रेणियों में विभाजित कर रखा है। इन श्रेणियों में ए, बी-वन, बी-टू, एफ, टी, टी-एस और जेड ग्रुप शामिल हैं। इनमें सबसे कम विश्वसनीय जेड ग्रुप के शेयर होते हैं। जो कंपनियाँ शेयरधारकों का खयाल नहीं रखती हैं और अर्थव्यवस्था के खिलाफ कोई कदम भी नहीं उठातीं या फिर शेयर बाजार के नियमों का उल्लंघन करती हैं, उन कंपनियों के शेयर को जेड ग्रुप में शामिल कर दिया जाता है। जेड ग्रुप में शामिल कंपनियों में निवेश करना सुरक्षित नहीं होता है और उनमें नुकसान की संभावना ज्यादा होती है। ए ग्रुप की कंपनियाँ सबसे बेहतरीन होती हैं। इनका मार्केट कैप ज्यादा होता है, इसलिए इस ग्रुप की कंपनियों में निवेश करना ज्यादा सुरक्षित होता है। सेंसेक्स और शेयर बाजार को जानने के बाद हीरेन भाई के मन में जिज्ञासा पैदा हुई कि आखिर उनके जैसे हजारों निवेशक इस बाजार में लाखों-करोड़ों का लेन-देन करते हैं, इन सबका हिसाब कौन रखता है और कभी कोई धोखाधड़ी हो तो उसकी जाँच और उस पर नजर रखने के लिए कौन सी संस्था काम करती है? वे अपनी शिकायत लेकर किसके पास जा सकते हैं? इन सब सवालों के जवाब में उनके सामने एक नाम आया–सेबी।

बाजार का प्रहरी : सेबी

देश में फिलहाल काम कर रहे एक्सचेंज पर नियंत्रण रखने के लिए सरकार ने भारतीय प्रतिभूति एवं विनिमय बोर्ड या सेबी (SEBI — सिक्यूरिटीज

ऐंड एक्सचेंज बोर्ड ऑफ इंडिया) की स्थापना की। सेबी का निर्माण निवेशकों के हितों की रक्षा के लिए किया गया है। इस बोर्ड का गठन एस.ए. दवे की अध्यक्षतावाली समिति की सिफारिशों के आधार पर किया गया। 30 जनवरी, 1992 को एक अध्यादेश की सहायता से इस संस्था को वैधानिक दर्जा प्रदान किया गया। सेबी का मुख्यालय मुंबई में स्थित है। सेबी एक्सचेंजों में होनेवाले काम को पारदर्शी बनाए रखने पर ध्यान देती है और निवेशकों के हित का ध्यान रखती है। इस हित के लिए नियमों को निर्धारित करने का अधिकार भी सेबी के पास ही है।

इन सब जानकारियों से हीरेन भाई को एक बात समझ आई कि किसी भी क्षेत्र में निवेश करने से पहले उसके बारे में पूरी जानकारी ले लेना जरूरी है, नहीं तो शेयर बाजार में निवेश करना अँधेरे में तीर चलाने जैसा हो जाएगा। इन सब जानकारियों के बाद अनुभव का स्थान आता है। इस क्षेत्र में अनुभवी व्यक्ति की सलाह भी फायदेमंद होती है। इसलिए हीरेन भाई समय-समय पर विशेषज्ञों की सलाह लेते रहते थे। इन सबका परिणाम यह हुआ कि हीरेन भाई एक समझदार निवेशक समझे जाने लगे। इस समझदारी ने उनके सामने पैसों को भंडार लगा दिया। अपनी साख का फायदा उठाते हुए उन्होंने निवेश कंपनी शुरू की, जो लोगों के पैसों को एक निश्चित कमीशन पर शेयर बाजार में लगाती थी। अनुभव ने एक बार फिर रंग दिखाया और हीरेन भाई एक बार फिर सफल हो गए। सफलता के घोड़े पर सवार हीरेन भाई ने जल्दी ही एक केमिकल फैक्टरी का काम शुरू कर दिया। अपनी योग्यता के बल पर वे एक दिन अपनी कंपनी का आई.पी.ओ. लेकर लोगों के सामने आए। एक शेयर का खरीदार आज कंपनी मालिक और शेयर विक्रेता बन गया। यही शेयर बाजार का जादू है।

□

6

निवेश को हॉट रखता है पोर्टफोलियो मैनेजमेंट

आजकल 'पोर्टफोलियो' शब्द काफी प्रचलन में है। इसके पहले सामान्य रूप से पोर्टफोलियो की जगह 'बचत' शब्द का उपयोग होता था। व्यक्ति अपनी आय में से भावी आवश्यकताओं एवं सुरक्षा के लिए नियमित रूप से बचत करता रहता है और अपनी इसी बचत को विभिन्न निवेश साधनों में निवेश करता रहता है, ताकि उसकी बचत पर ब्याज के साथ-साथ पूँजी वृद्धि का लाभ भी मिलता रहे। सामान्य शब्दों में कहें तो व्यक्ति की 'बचत की पोटली' ही पोर्टफोलियो है। इस बचत बैंक में शेयर्स, मयूचुअल फंड, इंश्योरेंस स्कीम, पी.पी.एफ., पोस्ट ऑफिस सेविंग, किसान विकास पत्र, नेशनल सेविंग सर्टिफिकेट, आर.बी.आई. बॉण्ड व कॉरपोरेट बॉण्ड आदि का समावेश हो सकता है; जबकि अगर सिर्फ शेयर बाजार के संदर्भ में 'पोर्टफोलियो' शब्द का प्रयोग विभिन्न कंपनियों के शेयरों में किए गए निवेश की पोटली से है। अब यह शब्द 'पोर्टफोलियो मैनेजमेंट सर्विसेज' अर्थात् 'पी.एम.एस.' के नाम से प्रचलित हो रहा है।

धन कमाने के साथ उसका व्यवस्थित निवेश करना एक कला है। यदि कोई व्यक्ति इस कला में विफल हो जाए तो उसकी मेहनत की कमाई नष्ट हो जाती है। इस जोखिम से छुटकारा पाने के लिए अब लोग पोर्टफोलियो मैनेजमेंट सर्विस की सहायता लेने लगे हैं। अधिकांश लोगों के पास अपना व्यवसाय या नौकरी करने के बाद खुद का पोर्टफोलियो प्रबंधित करने का

समय नहीं बचता और फिर मात्र समय ही एक समस्या नहीं है। पोर्टफोलियो मैनेजमेंट के लिए उसकी समझ भी होना जरूरी है। आज पूँजी बाजार में विभिन्न प्रकार के निवेश से लोग धनी हो गए हैं। उनकी संख्या में बढ़ोतरी होने के साथ विविधता और जटिलता भी बढ़ी है। ऐसे में उसे प्रबंधित करने के लिए विशेष कुशलता की जरूरत पड़ती है।

सबसे पहले यह समझने की आवश्यकता है कि पोर्टफोलियो और उसका मैनेजमेंट है क्या? व्यक्ति को शेयरों का पोर्टफोलियो क्यों तथा कैसे करना चाहिए और उस पर किस प्रकार ध्यान रखना चाहिए? सामान्य भाषा में समझने के लिए हम उदाहरणस्वरूप मान लें कि किसी राजेश शर्मा को पब्लिक इश्यू में आवेदन करने पर दो कंपनियों के 300–300 शेयर मिल गए और उसके डीमेट खाते में जमा हो गए। उसके बाद उसने बाजार से दो अन्य कंपनियों के 500–500 शेयर खरीद लिये। बाजार में तेजी का रुझान देखते हुए राजेश शर्मा को ज्यादा शेयर खरीदते रहने का मन होने लगा और उसने पिछले छह महीनों में 8 से 10 कंपनियों के 200 से 2,000 तक शेयर खरीद डाले। इन सब शेयरों को उसने लगभग 3.50 लाख रुपए में खरीदा। बाजार में तेजी रही और उसके पास जमा सभी शेयरों का बाजार मूल्य बढ़कर 5 लाख रुपए हो गया, तो यह कहा जा सकता है कि उसके पास 5 लाख रुपए का पोर्टफोलियो है। इसे राजेश शर्मा का पोर्टफोलियो कहा जाएगा।

आप खुद तैयार करें अपना पोर्टफोलियो

प्रत्येक निवेशक अपना पोर्टफोलियो तैयार कर सकता है, फिर भले ही उसमें 2 कंपनियों के शेयर हों या 22 कंपनियों के शेयर। कहावत है कि सारी पूँजी निवेश के किसी एक विकल्प में नहीं लगानी चाहिए, क्योंकि अगर उस विकल्प में मंदी आ गई तो आपकी सारी पूँजी डूब जाएगी। अब जैसे अगर आपने पूरी पूँजी शेयर बाजार में किसी एक कंपनी में लगा दी और उसमें गिरावट आ गई तो आपको चिंता घेर लेगी। अच्छा यह होगा कि आप अलग–अलग कंपनियों के थोड़े–थोड़े शेयर खरीदकर अपना

पोर्टफोलियो तैयार करें। इसका कारण यह है कि इस बात की संभावना कम रहती है कि शेयर बाजार की मंदी में आपके सारे शेयरों के भाव उतने ही टूट जाएँ। आपके दो शेयरों के भाव घट सकते हैं तो दो शेयरों के भाव बढ़ भी सकते हैं। इस प्रकार पोर्टफोलियो में अलग-अलग कंपनियों के शेयर रखने से जोखिम कम हो जाती है। पी.एम.एस. सेवा दो प्रकार की होती है। एक में आप फंड मैनेजमेंट को अपनी पसंद के शेयर खरीदने-बेचने की सूचना देते हैं और फंड मैनेजर भी आपको ऐसी सलाह देते हैं, जबकि दूसरे प्रकार की सेवा में आपको फंड मैनेजर को मात्र रकम देनी होती है तथा उस रकम को वह किन-किन कंपनियों में निवेश करेगा, इसका निर्णय फंड मैनेजर स्वयं करता है और आपको उस पर प्रतिफ़ल देता है। पी.एम.एस. के मामले में आप जिस मैनेजर से यह सेवा लें, उसकी कुशलता पर आपका विश्वास होना जरूरी है। आपके तथा फंड मैनेजर के बीच पारदर्शिता भी होनी चाहिए। इसी प्रकार की सेवाएँ म्यूचुअल फंड, बैंक, ब्रोकिंग कंपनियाँ, रिसर्च हाउस और प्राइवेट कंपनियाँ उपलब्ध कराती हैं।

पी.एम.एस. मतलब निवेश का रक्षक

1. आप 5 लाख रुपए की पूँजी के साथ शेयर बाजार में निवेश करने को तैयार हैं।
2. आपके पास इसके लिए जानकारी और समझ का अभाव है।
3. नौकरी या धंधे में व्यस्त रहने के कारण आपके पास इसके लिए समय नहीं है।
4. आप पोर्टफोलियो मैनेजर के संपर्क में रहते हैं।
5. पोर्टफोलियो मैनेजर आपकी जोखिम उठाने की क्षमता/इच्छा के आधार पर आपके शेयरों का पोर्टफोलियो तैयार करेगा।
6. इस पोर्टफोलियो के आधार पर आपको प्रतिफल मिलेगा।
7. पोर्टफोलियो मैनेजर की सेवा लेने के बाद आपको प्रतिवर्ष प्रतिफल मिलेगा, बाकी चिंता मैनेजर की।

8. पोर्टफोलियो मैनेजर इस सेवा के लिए खुद की निर्धारित फीस लेगा।
9. शेयर बाजार में प्रत्यक्ष रूप से प्रवेश किए बिना बाजार की तेजी का लाभ इस सेवा द्वारा किया जा सकता है।
10. इस सुविधा से हासिल होता है—मानसिक सुख व शांति।

निःशुल्क ऑनलाइन मार्गदर्शन

देश की अनेक इन्वेस्टमेंट से संबंधित वेबसाइट भी पी.एम.एस. की अनोखी सेवा उपलब्ध कराती हैं। अलबत्ता ये वेबसाइट आपका फंड मैनेज नहीं करतीं, परंतु आपका पोर्टफोलियो अपने आप बनाने की सुविधा उपलब्ध कराती हैं; उसका हिसाब-किताब करके आपको उसका पूरा रिकॉर्ड देती हैं। उदाहरणस्वरूप, आपके पास 12-15 अलग-अलग कंपनियों के अलग-अलग संख्या में शेयर हैं तो आप संबंधित वेबसाइट की इस सुविधा के लिए अपना पंजीकरण करा लें। उस वेबसाइट पर आपको बाजार के वर्तमान भाव के आधार पर होनेवाले मूल्य-परिवर्तन की जानकारी उपलब्ध होती रहेगी। 'मनीकंट्रोल.कॉम', 'बीएसईइंडिया.कॉम' जैसी वेबसाइटें यह सुविधा निःशुल्क उपलब्ध कराती हैं। इतना ही नहीं, इनसे आपको बाजार एवं उन कंपनियों से संबंधित महत्त्वपूर्ण समाचार भी निःशुल्क मिलते रहेंगे।

निवेश का आसान रास्ता

फर्ज कीजिए कि आप उन खुशकिस्मत लोगों में से एक हैं, जिन्हें बढ़िया तनख्वाह वाली नौकरी मिली है। आप अपने माता-पिता के साथ रहते हैं। कपड़े, खान-पान और मनोरंजन पर उचित रूप से रकम खर्च करते हैं; लेकिन इसके बावजूद हर महीने के अंत में आप कुछ पैसा बचाने में कामयाब रहते हैं। एक तरफ आप इस बात को लेकर परेशान हैं कि आपकी रकम बचत खाते में बेकार पड़ी हुई है और दूसरी तरफ आपके ऐसे दोस्त व रिश्तेदार हैं, जो निवेश के बारे में बातचीत करने पर आपको बेवकूफ ठहराने की कोशिश करते रहते हैं।

इन सभी विचारों को कुछ वक्त के लिए दरकिनार कर दीजिए। क्या कोई ऐसा वाकया याद है, जब किसी ने आपको नामुमकिन-सा दिखनेवाले काम को अंजाम तक पहुँचाने की चुनौती दी हो और आपको उसमें कामयाबी मिली हो? आप इस बात से इत्तेफाक तो रखते होंगे कि विजेता की कुरसी तक पहुँचने के लिए उस काम में पारंगत होना जरूरी है। ऐसे बहुत से लोग होंगे, जो मौजूदा हालात में बाजार में निवेश न करने की हिदायत देंगे और आपके कोशिश करने पर हतोत्साहित करने का हरसंभव जतन करेंगे। हालाँकि ऐसे अनुभवी लोगों की कमी नहीं, जो मौजूदा स्थिति में निवेश से मुनाफा निकालने का रास्ता जानते हैं। प्रस्तुत हैं ऐसे ही कुछ बुनियादी नियम, जिन पर गौर कर आप उठा-पटक के बाजार में भी कामयाबी तक पहुँचानेवाला पोर्टफोलियो तैयार कर सकते हैं।

सही पोर्टफोलियो

सबसे पहले यह समझना जरूरी है कि सर्वश्रेष्ठ पोर्टफोलियो तैयार करने का कोई तय फॉर्मूला नहीं है। निवेशकों के बीच अनिश्चितता प्रबल होती है। ऐसे में उद्देश्य होता है जोखिम को कम करना और पोर्टफोलियो से ज्यादा-से-ज्यादा मुनाफा बटोरना। श्रेष्ठ पोर्टफोलियो का मकसद पूँजी की बढ़त और उसकी सुरक्षा होनी चाहिए।

अलग-अलग एसेट श्रेणियों में अपना निवेश बाँटिए, क्योंकि ये अलग-अलग सेगमेंट वक्त बदलने पर अलग-अलग तरह की चाल दिखाते हैं। वित्तीय लक्ष्य या फिर शामिल उत्पादों को लेकर अगर पोर्टफोलियो किसी एक दिशा में ज्यादा झुका होता है तो यह बुरे वक्त का संकेत है।

कैसे करें आवंटन?

किसी उत्पाद में रकम का कितना हिस्सा लगाया जाए, यह आपकी उम्र, आमदनी की क्षमता, जोखिम सहने का माद्दा और जिम्मेदारियों पर निर्भर करता है। साथ ही कुछ ऐसे सवाल हैं, जो आपको लगातार खुद से करने चाहिए। निवेश से जुड़े आपके लंबी अवधि के वित्तीय लक्ष्य क्या हैं? क्या

आपका निवेश सुरक्षित और लिक्विड है? क्या यह गारंटीशुदा रिटर्न का वादा करता है? ये ऐसे ही कुछ सवाल हैं। जब आप यह तय कर लें कि आपको किस उत्पाद में निवेश करना है तो जानकारों की इन बातों पर गौर किया जा सकता है—

- **इक्विटी पर करें गौर** : अगर आप इस बात को सिद्धांत रूप से देखें तो इक्विटी में ज्यादा आवंटन किया जाना चाहिए। अपना पैसा सीधा शेयरों में लगाने के बजाय जानकारों को लगता है कि म्यूचुअल फंड, पोर्टफोलियो मैनेजमेंट सर्विस या निजी इक्विटी फंड या फिर इन तीनों के मिश्रण के माध्यम से बाजार में दाखिल होना सही होगा। अपने पोर्टफोलियो का 25-30 फीसदी हिस्सा लार्ज कैप इक्विटी डायवर्सिफाइड फंड में लगाना चाहिए और सिस्टेमैटिक इनवेस्टमेंट प्लान यानी एस.आई.पी. को तरजीह दी जा सकती है।
- **डेट** : निवेशक डेट आधारित म्यूचुअल फंड के जरिए या फिर प्रतिष्ठित कंपनियाँ तथा ए.ए.ए. रैंकिंग वाली फर्मों के बॉण्ड में निवेश करने पर गौर कर सकते हैं। आपके सामने जो दूसरे विकल्प मौजूद हैं, उनमें एफ.डी. या सरकारी प्रतिभूतियाँ या फिर इन्कम फंड शामिल हैं। हालाँकि डेट उत्पादों को पोर्टफोलियो में सुरक्षित दाँव माना जाता है, लेकिन अगर आपकी नौकरी में कम वर्ष बचे हैं तो इक्विटी में कम और डेट में ज्यादा निवेश से आपको बाजार की मौजूदा स्थिति में ज्यादा अच्छा रिटर्न मिलने की संभावना नहीं है।
- **सोना और रियल एस्टेट** : सोना और रियल एस्टेट दोनों ही निवेश के बेहतरीन माध्यम हैं, लेकिन निवेशकों को इन सेगमेंट में वित्तीय उत्पादों या डेटिवेटिव्स पर विचार करना चाहिए। गोल्ड ई.टी.एफ. तुलनात्मक रूप से ज्यादा लिक्विड होते हैं और आभूषण सिक्कों को रखने से जुड़े जोखिम से भी छूट दिलाते हैं। रियल एस्टेट फंड में निश्चित लॉक इन अवधि हो सकती है, इसलिए उन पर भी गौर किया जा सकता है।

दोबारा तैयार करें पोर्टफोलियो

शेयर बाजार में गोता लगाने से पहले जिन लोगों ने निवेश कर अपने हाथ जलाए हैं, कुछ टिप्स उनके लिए भी हैं। बाजार से तुरंत भागना सही रास्ता नहीं है। अगर निवेशक अतिरिक्त पैसा दोबारा ला सकता है तो ऐसा करना चाहिए और उस राशि को अलग-अलग श्रेणियों में इस तरह बाँटना चाहिए कि वे बढ़िया रिटर्न दें। बेहतर है कि निवेशक अपनी उम्र, जोखिम सहने की क्षमता और पूँजी की जरूरतों को ध्यान में रखकर अपना पोर्टफोलियो बदलता रहे।

□

7

निवेश का कौन सा विकल्प आपके लिए है अनुकूल

शेयर बाजार में एकमुश्त निवेश एक मुश्किल निर्णय माना जाता है। निवेशक शेयर बाजार में 1 हजार से 10 हजार रुपए के बीच की पहली किस्त के निवेश के समय हमेशा सावधान रहते हैं। वहीं एक बड़ी रकम यानी 5–10 लाख रुपए के निवेश के साथ काफी अधिक जोखिम जुड़ा होता है। इस डर के पीछे कारण यह होता है कि अगर आपके पास जमा रकम या बचत खत्म हो गई तो इस सूरत में क्या होगा?

एक निश्चित रणनीति पर अमल कर इस तरह की स्थिति से बचा जा सकता है। हालात को ठीक से समझने के लिए 35 साल के एक व्यक्ति का उदाहरण लें, जो 5 लाख रुपए का निवेश करना चाहता है। उसके पास निवेश के तीन विकल्प हैं। वह अपनी संपूर्ण राशि शेयरों या म्यूचुअल फंडों में अलग-अलग या फिर दोनों में निवेश कर सकता है।

शेयरों में

कोई भी धन प्रबंधक निवेशकों को किस्तों में निवेश की सलाह देता है। एक ही बार में सारी रकम का निवेश खतरनाक हो सकता है। लिहाजा, निवेश के इस बाबत जानकार कहते हैं कि निवेश अनुपात 60 : 40 या 50 : 50 हो, जो रिस्क प्रोफाइल पर आधारित हो।

पोर्टफोलियो का एक रणनीतिक हिस्सा भी होता है, जहाँ लंबी अवधि के निवेश पर बेहतर प्रतिफल मिलता है। चूँकि लॉन्ग टर्म और स्ट्रेटजिक पार्ट को कम-से-कम तीन साल के लिए रखा जाना चाहिए। वहीं टेक्निकल पार्ट का इस्तेमाल तेजी से मुनाफा कमाने के लिए किया जा सकता है।

बाजार की परिस्थितियों के अनुरूप चुनिंदा शेयरों में फेर-बदल किया जा सकता है। यहाँ यह बात याद रखना जरूरी है कि प्रत्येक परिचालन पर लघु अवधि के पूँजी लाभ पर 15 फीसदी का कर (एक साल से कम अवधि के लिए) लगता है।

म्यूचुअल फंड में

शेयर बाजार में निवेश का अनुभव सीधे तौर पर म्यूचुअल फंडों में निवेश से प्राप्त किया जा सकता है। वित्तीय सलाहकारों के अनुसार चूँकि निवेश की रकम काफी अधिक होती है, इसलिए पोर्टफोलियो का डायवर्सिफिकेशन काफी आवश्यक होता है।

निवेश करने से पहले इसकी अवधि पर ध्यान केंद्रित करना चाहिए। निवेश के बाद आपको इन रुपयों की कब जरूरत है, उसी हिसाब से निवेश करना चाहिए। मान लीजिए कि आपके पास अभी पर्याप्त रकम है और अगले 5 से 10 वर्षों के बीच आपको पैसों की जरूरत नहीं है तो ऐसी स्थिति में इक्विटी डाइवर्सिफाइड योजनाओं का चयन करना फायदेमंद हो सकता है।

लेकिन अगर आपको निवेश करने के दो साल बाद पैसों की जरूरत है तो डेट ओरिएंटिड हारब्रिड फंड में निवेश करना ज्यादा बेहतर हो सकता है। अगर समयावधि एक साल से कम है तो फिर डेट फंडों में निवेश करें, क्योंकि मूल धन के साथ ही प्रतिफल की सुरक्षा की गारंटी अहम मानी जाती है। निवेश का एक और तरीका इक्विटी डायवर्सिफाइड फंडों में 50 फीसदी के निवेश का है।

बाकी रकम का निवेश योजनाबद्ध तरीके से हस्तांतरण प्लान (एस.टी.पी.) के जरिए किया जा सकता है। यदि 50 फीसदी का निवेश

करें, जबकि कुछ समय बाद रकम का स्थानांतरण इक्विटी योजनाओं में कर सकते हैं।

कोई भी व्यक्ति एस.टी.पी. के विकल्प का चयन 6 महीने से 1 साल की अवधि के लिए कर सकता है, जिसमें 6 से 12 किस्तों में निवेश किया जा सकता है। एस.टी.पी. उस समय ज्यादा कारगर होता है, जब बाजार या तो शिखर पर पहुँच चुका होता है या फिर बाजार के और ऊपर जाने को लेकर अनिश्चितता की स्थिति बरकरार रहती है।

शेयरों और म्यूचुअल फंड दोनों में

इक्विटी की अपेक्षा म्यूचुअल फंड में अधिक निवेश करें। जानकारों के अनुसार 5 लाख रुपए की राशि को 2 : 3 अनुपात में विभाजित कर दें तो परिणाम बेहतर हो सकते हैं। शेयरों में निवेश के लिए विश्लेषक 10 से ज्यादा ब्लूचिप शेयरों में निवेश की सलाह नहीं देते हैं। इनकी पोर्टफोलियो में अहम हिस्सेदारी होगी।

ऐसे लोग, जिनमें जोखिम उठाने की क्षमता अधिक होती है, वे कुछ राशि मिड कैप शेयरों में निवेश कर सकते हैं, लेकिन ऐसा पुख्ता शोध के बाद ही किया जाना चाहिए। इसकी वजह यह है कि छोटे और मझोले शेयरों के साथ अधिक जोखिम जुड़ा होता है।

बाजार में तेजी के समय ये प्रदर्शन के मामले में सेंसेक्स और निफ्टी को मात देते हैं, लेकिन बाजार में गिरावट के समय इन शेयरों में भी काफी तेजी से गिरावट देखने को मिलती है। ऐसा इसलिए होता है कि ये हाई वीटा शेयर होते हैं। म्यूचुअल फंड में 3 लाख रुपए की राशि के निवेश के लिए विशेषज्ञ किसी अच्छे इक्विटी डायवर्सिफाइड फंड में निवेश की सलाह देते हैं।

इक्विटी डायवर्सिफाइड फंड पर दाँव लगाना काफी अच्छा हो सकता है, क्योंकि शेयरों की तुलना में यह सुरक्षित तरीका होता है। ऐसा एस.टी.पी. या सीधे निवेश के जरिए किया जा सकता है। म्यूचुअल फंड और शेयरों

में निवेश करते समय यह याद रखना काफी अहम है कि एक ही तरह के सेक्टर या थीम में अधिक-से-अधिक निवेश करने से बचें।

मिसाल के तौर पर, अगर आपने इन्फ्रास्ट्रक्चर फंड में निवेश किया है, लेकिन अगर चीजें सही नहीं हुईं तो आपको नुकसान पहुँच सकता है। दूसरी बात यह है कि निवेश करते समय आक्रामक होने से बचें और मिड कैप शेयरों व फंडों में निवेश से बचें, वरना पूरा पोर्टफोलियो जोखिम भरा हो जाएगा। अगर आपने मिड कैप शेयरों में निवेश किया है तो फिर मिड कैप फंड में निवेश करने से बचें। जानकार मानते हैं कि इक्विटी में निवेश के वक्त आक्रामक रवैया अपनाया जा सकता है, लेकिन म्यूचुअल फंडों में निवेश के वक्त भी थोड़ा कंजरवेटिव रवैया रखें तो गलत नहीं है। बेहतर है कि सिस्टमेटिक इन्वेस्टमेंट प्लान के जरिए किसी अग्रणी फंड हाउस की इक्विटी डायवर्सिफाई स्कीम में लगातार लंबे समय तक निवेश करें। इससे आपको बाजार की गिरावट का भी फायदा मिलेगा। औसत कुछ इस तरह आएगा कि लॉन्ग टर्म में चक्रवर्ती प्राप्त का भी फायदा मिलेगा और मार्केट के अप-डाउन का भी।

□

8

सुरक्षित हो सकता है शेयरों में निवेश

शेयरों में निवेश के साथ सुरक्षा! सोचने में ही कुछ अजीब-सा लगता है। पारंपरिक अनुभव कहता है कि शेयरों में निवेश करने में सबसे अधिक जोखिम है। ऐसे निवेश को कोई सुरक्षित कैसे बना सकता है? हालाँकि शेयरों में निवेश के मामले में बाजार के जोखिमों को हटाना संभव है। कुछ आसान-सी तकनीक अपनाकर आप अपनी निवेश प्रक्रिया को सुदृढ़ बना सकते हैं। यह ध्यान में रखें कि शेयरों में निवेश का उद्देश्य एक खास समयावधि के लिए धनार्जन करना है, न कि रातोरात या एक हफ्ते में भारी मुनाफा कमाना है। आइए, हम कुछ ऐसी तकनीकों की चर्चा करते हैं, जिनके जरिए निवेश को अपेक्षाकृत सुरक्षित बनाया जा सकता है।

अधिक लाभांश देनेवाले शेयरों का करें चयन

अपेक्षाकृत अधिक लाभांश देनेवाले शेयरों को तरजीह दी जानी चाहिए। लाभांश की कमाई की गणना शेयर की कीमत को लाभांश से भाग देकर की जाती है। उदाहरण के लिए, साल 2008-09 में इंडियन ओवरसीज बैंक ने 4.5 रुपए प्रति शेयर का लाभांश दिया था और इसकी वर्तमान कीमत 92 रुपए है। लाभांश से होने वाली कमाई लगभग 5 प्रतिशत की है। लाभांश कर-मुक्त होता है, इसलिए इसकी तुलना बैंकों की सावधि जमाओं से की जा सकती है। कभी-कभार जब आप बाजार परिस्थितियों की वजह से अपने शेयर नहीं बेच पाते हैं तो हो सकता है, अंतिम लाभांश या अंतरिम

लाभांश के तौर पर आपको कुछ नकदी प्राप्त हो। अधिक लाभांश देनेवाले कुछ शेयरों में जी.एन.एफ.सी., आंध्रा बैंक, विजया बैंक, कैस्ट्रॉल और हिंदुस्तान यूनिलीवर शामिल हैं। गौर करने लायक बात यह है कि लाभांश की राशि वित्तीय प्रदर्शन और नकदी की जरूरतों पर निर्भर करती है।

कम पी.बी.वी. वाले शेयर

वैसे शेयरों का चयन करें, जिनकी प्राइस टू बुक वैल्यू (पी.बी.वी.) अपेक्षाकृत कम हो। इक्विटी शेयर पूँजी और रिजर्व तथा अतिरिक्त रकम में बकाए इक्विटी शेयरों की संख्या से भाग देकर बुक वैल्यू की गणना की जाती है। बाजार मूल्य में बुक वैल्यू से भाग देकर प्राप्त परिणाम पी.बी.वी. होता है। आमतौर पर उच्च वृद्धि वाली कंपनियों के पी.बी.वी. भी अधिक होते हैं। हालाँकि कभी-कभार कुछ कंपनियाँ ऐसी भी हैं, जिनके फंडामेंटल अच्छे हैं, लेकिन पी.बी.वी. कम हैं। अगर किसी कंपनी का पी.बी.वी. कम है तो इसका मतलब पूँजीकरण नेटवर्क से कम है। इसका मतलब हुआ कि सामान्य परिस्थितियों में शेयर की अंदरूनी कीमत अधिक है। उदाहरण के लिए अभी कम पी.बी.वी. वाली कुछ कंपनियों में फेडरल बैंक, सिंडिकेट बैंक, कर्नाटक बैंक, जी.एस.एफ.सी., गुजरात अल्फकी एंड शिपिंग कॉरपोरेशन आदि शामिल हैं। निवेशकों को अधिक पी.बी.वी. वाली कंपनियों से आमतौर पर परहेज करना चाहिए, क्योंकि इसका मतलब होता है कि कंपनी का नेटवर्क बाजार पूँजीकरण से काफी कम है।

निम्नतम या उच्चतम स्तर पर खरीदारी से बचें

52 हफ्ते के शीर्ष या निम्न स्तर पर निवेश नहीं करें। उच्च कीमतवाला कोई शेयर शीर्ष पर पहुँचने के बाद लुढ़कना शुरू कर सकता है। हो सकता है कि शीर्ष पर पहुँचने के बाद किसी शेयर की कीमतें एक सीमा तक ही बढ़ें। इसी तरह जब किसी शेयर की कीमत निम्नतम स्तर पर होती है तो कोई नहीं जानता कि यह कितना और नीचे जाएगा।

अच्छे प्रबंधनवाली कंपनियों के शेयर खरीदें

कभी-कभार लालच की वजह से निवेशक ऐसी कंपनियों में निवेश करते हैं, जिनका प्रबंधन अच्छा नहीं होता। लेकिन भले ही प्रतिफल थोड़ा कम मिले, सलाह दी जाती है कि अच्छे प्रबंधनवाली कंपनियों के शेयरों का ही चयन करें। यहाँ आपकी पूँजी का निवेश थोड़ा-बहुत सुरक्षित होता है। उदाहरण के लिए अच्छे प्रबंधनवाली कंपनियों में रिलाइंस, एच.डी.एफ.सी., इन्फोसिस, विप्रो, एन.टी.पी.सी., महिंद्रा एंड महिंद्रा, भारतीय स्टेट बैंक अन्य पी.एस.यू. बैंक आदि शामिल हैं। निवेश के बाद समय-समय पर अपने निवेश की समीक्षा कीजिए और प्रदर्शन के हिसाब से ही अपने कदम आगे बढ़ाइए।

निवेशक इस बात पर नजर रखें कि भविष्य में कौन से सेक्टर की माँग ज्यादा होगी। फिर उस सेक्टर में जो अग्रणी कंपनियाँ हैं, उनमें निवेश करें। उदाहरण के लिए अगर लगता है कि सरकार आनेवाले समय में इंफ्रास्ट्रक्चर, पावर, एनर्जी व फॉर्मा आदि में बहुत निवेश करनेवाली है तो निवेशक उन सेक्टर की कंपनियों के शेयर पर नजर रखें।

□

9

कंपनी के रिपोर्ट कार्ड से जानें शेयर का हाल

किसी भी खेल के कुछ नियम होते हैं और कुछ चलन होते हैं। अगर बुनियादी सिद्धांतों पर चलने की कला आपने नहीं सीखी है तो नियमों पर चलने के बावजूद आप वांछित डिविडेंड तक नहीं पहुँच सकते। निवेशकों को कोई भी शेयर चुनने से पहले उस कंपनी की सालाना रिपोर्ट पढ़नी चाहिए। लेकिन इसके बावजूद स्पष्टता की कमी या नजरअंदाज करने की वजह से ऐसा नहीं किया जाता।

इस दस्तावेज की अहमियत को हम नजरअंदाज करते हैं और साथ ही उस उद्देश्य पर भी गौर नहीं करते, जिसके लिए रिपोर्ट तैयार की गई है। सालाना रिपोर्ट शेयरधारकों, कर्जदारों, वित्तीय विश्लेषकों, अर्थशास्त्रियों, ग्राहकों, आपूर्तिकर्ताओं और प्रमोटरों की जानकारी से जुड़ी जरूरतें पूरी करने के लिए तैयार की जाती है। इस कोहरे के बीच आपको साफ राह दिखाने के लिए ऐसे उपायों की जानकारी दी जा रही है, जिससे आप सालाना रिपोर्ट के अहम बिंदुओं की तरफ गौर कर सकें। यह सालाना रिपोर्ट आपको प्रदर्शन के रिपोर्ट कार्ड के आगे की सूचना मुहैया कराती है।

क्यों पढ़ें?

निवेश के लिए शुरुआती दस्तावेज मानी जानेवाली कंपनी की सालाना रिपोर्ट प्रबंधन की भारी संभावनाओं और संगठन के लिए उसकी दूरदृष्टि

को रेखांकित करती है। इससे न केवल कंपनी के कामकाज की जानकारी मिलती है, बल्कि उसकी वित्तीय सेहत और विस्तृत रणनीतियों का संकेत भी मिलता है। प्रबंधन के अतीत के प्रदर्शन के आधार पर तैयार इन्वेस्टमेंट थीसिस बताई जानेवाली इस रिपोर्ट में ऐसी ब्योरेवार जानकारी होती है, जो कंपनी के बारे में सामान्य विचार-विमर्श के दौरान नहीं मिल सकती। रिपोर्ट में कंपनी के ऑपरेशनल तौर-तरीकों का ब्योरा होता है, इसलिए विश्लेषक सलाह देते हैं कि आपको कंपनी की मुख्य क्षमता और इस बारे में राय बनाने के लिए ब्योरेवार अध्ययन करना चाहिए कि कंपनी प्रतिस्पर्धात्मक माहौल में टिक सकेगी या नहीं।

ऐसा करने से आपको आसानी से अंदाजा हो जाएगा कि क्या कंपनी अपनी हिस्सेदारी बेचे बगैर पर्याप्त फंडिंग के जरिए विस्तार योजनाओं के लिए धन जुटा पाएगी। हालाँकि सालाना रिपोर्ट को निवेश से जुड़े फैसले करने का एकमात्र पैमाना नहीं बनाया जाना चाहिए। जानकारी मुहैया करानेवाले दूसरे स्रोत भी हैं और निवेश का निर्णय लेते वक्त सालाना रिपोर्ट के साथ इन पर भी गौर किया जाना चाहिए। प्रबंधन के विचार-विमर्श और डिस्क्लोजर की गुणवत्ता में अंतर होता है। इस वजह से भी सभी कंपनियों की सालाना रिपोर्ट में अंतर होना लाजिमी है।

कंसोलिडेटेड वैल्यू

सालाना रिपोर्ट में अलग तिमाही नतीजों में बैलेंस शीट के आँकड़े और कैश फ्लो स्टेटमेंट नहीं होती, जबकि स्वतंत्र ऑडिटरों से समीक्षा कराना वैकल्पिक है। इसलिए केवल तिमाही नतीजे पर विचार करने से ही कंपनी की मजबूती का आकलन मुश्किल हो जाता है। तिमाही नतीजे के सामने सालाना नतीजे कंसोलिडेटेड रिपोर्टिंग की वजह से खास हो जाते हैं। कंपनियों के पास शुरुआती तीन तिमाहियों में कंसोलिडेटेड नतीजों का खुलासा न करने का विकल्प होता है। ऐसे में उनसे समग्रता का असर पैदा नहीं हो पाता।

कई बार सब्सिडियरी कंपनियों का प्रदर्शन कंपनी की वित्तीय सेहत

पर महत्त्वपूर्ण असर डाल सकता है। तिमाही नतीजे आमतौर पर ऑडिट के दायरे में नहीं आते और इसलिए आप इन आँकड़ों पर पूरी तरह निर्भर नहीं कर सकते । विश्लेषकों की सिफारिश है कि सालाना रिपोर्ट की ज्यादा समग्र तसवीर तक पहुँचने के लिए तिमाही नतीजों के साथ पढ़ना चाहिए।

तिमाही नतीजे आपको इस बात का विश्लेषण करने का जरिया मुहैया कराते हैं कि क्या प्रबंधन ने सालाना रिपोर्ट में किए गए अपने वादों को पूरा किया है! अगर वह ऐसा करने में नाकाम रहता है तो आप कंपनी के कारोबारी साल के अंत में सालाना रिपोर्ट का इंतजार किए बगैर शेयर से बाहर निकल सकते हैं। हालाँकि सालाना रिपोर्ट के सभी अंशों को गौर से पढ़ा जाना चाहिए, ज्यादातर विश्लेषकों की सलाह है कि हमें शुरुआत प्रबंधन के विचार और विश्लेषण के सेक्शन के साथ करनी चाहिए, ताकि उद्योग की स्थिति, चुनौतियों और विकसित होते कारोबारी माहौल में उनके प्रदर्शन व रणनीति पर प्रमोटर का दृष्टिकोण जाना जा सके। इसके बाद फाइनेंशियल स्टेटमेंट की गहन समीक्षा की जानी चाहिए। अंत में आप बैलेंस शीट, प्रॉफिट एंड लॉस एकाउंट तथा कैश फ्लो स्टेटमेंट पर निगाह डालिए।

निवेशकों के लिए तिमाही नतीजे के मायने

तिमाही नतीजों के जरिए कंपनियाँ तीन महीनों के अपने प्रदर्शन की रिपोर्ट पेश करती हैं। स्टॉक एक्सचेंजों के साथ लिस्टिंग समझौते के तहत नतीजों की घोषणा करना कंपनियों के लिए जरूरी होता है। ये नतीजे जनवरी, अप्रैल, जुलाई और अक्तूबर में सार्वजनिक किए जाते हैं।

तिमाही आमदनी की घोषणाओं के आमतौर पर गैर ऑडिटेड वित्तीय नतीजे, तिमाही में कारोबार की स्थितियाँ और भविष्य की कारोबारी संभावनाओं का जिक्र होता है। आमदनी की रिपोर्ट में शुद्ध आय, प्रति शेयर आय, जारी कारोबार से आमदनी और शुद्ध बिक्री जैसी मद शामिल होती हैं। इससे कंपनी की वित्तीय स्थिति और कारोबारी माहौल को समझने में मदद मिलती है।

अगली तिमाहियों के अनुमान

कुछ कंपनियाँ इन नतीजों के साथ भविष्य के लिए अपने अनुमान भी जाहिर करती हैं। इन्हें गाइडेंस कहा जाता है। यह अगली तिमाही और वित्त वर्ष के लिए कारोबार के बारे में प्रबंधन का अनुमान होता है। कंपनी से वित्तीय उम्मीदें तय करने के लिए गाइडेंस महत्त्वपूर्ण होती हैं। अगर कंपनी की पिछली गाइडेंस और तिमाही नतीजे मेल खाते हैं तो इससे प्रबंधन की कुशलता का पता चलता है। अगर कंपनी के अनुमान और उसके नतीजों में बड़ा अंतर होता है तो इसका मतलब है कि प्रबंधन पर आप आगे भी ज्यादा भरोसा नहीं कर सकते। इन्हीं अनुमानों के आधार पर छोटी अवधि के निवेशक कई बार किसी कंपनी के शेयर खरीदने या बेचने का फैसला भी करते हैं।

कंपनी के प्रदर्शन का अक्स

तिमाही नतीजे कंपनी के प्रदर्शन का बड़ा संकेत देते हैं। इसी वजह से विश्लेषक और निवेशक इनका इंतजार करते हैं। आमतौर पर विश्लेषक अनुमानों के आधार पर अपनी उम्मीदें जाहिर करते हैं। इन सभी अनुमानों को मिलाकर कंपनी के प्रदर्शन को देखा जाता है। सच्चाई यह है कि आमदनी का अनुमान लगाना बहुत मुश्किल होता है। कंपनी की आय को लेकर ब्रोकरेज हाउस के अनुमान हकीकत से कुछ अधिक हो सकते हैं। कंपनियों के लिए खुद भी इनकी सही भविष्यवाणी करना आसान नहीं होता।

नतीजों के सीजन के लिए निवेश की रणनीति

कंपनियों के नतीजे आने के साथ ही उनके शेयर के दाम पर भी इनका असर दिखने लगता है। अगर नतीजे उम्मीद से बेहतर रहते हैं तो शेयर की कीमत चढ़ती है, लेकिन अगर ये अनुमान से कम या करीब रहते हैं तो इनमें गिरावट भी आ सकती है। अगर किसी कंपनी के आँकड़े लगातार कई

तिमाहियों तक उम्मीद से कम रहते हैं तो हो सकता है कि कंपनी समस्याओं का सामना कर रही हो। छोटी अवधि के निवेशक तिमाही नतीजों के आधार पर निवेश की रणनीति तैयार कर सकते हैं।

लंबी अवधि के निवेशक इन्हें देखकर यह अंदाजा लगा सकते हैं कि उनकी कंपनी कैसा कारोबार कर रही है। किसी शेयर को आँकने के लिए उसके पिछले नतीजों को भी देखना जरूरी होता है। अगर प्रबंधन ने वित्त वर्ष की अपनी कारोबारी योजना का खुलासा पहले ही कर दिया है तो तिमाही नतीजों से निवेशक को यह पता चलता है कि योजना किस दिशा में और कितनी गति से बढ़ रही है। निवेशकों को यह भी देखना चाहिए कि कहीं कंपनी ने आँकड़ों में कोई हेर-फेर तो नहीं किया है। उदाहरण के लिए, कोई कंपनी मौजूदा तिमाही की आमदनी को जोड़कर उससे जुड़े खर्चों को अगली तिमाही में दिखाने के साथ अपना अधिक मुनाफा दिखाने की कोशिश कर सकती है। इसके अलावा वह अनुमानों पर पूरा उतरने के लिए तिमाही के अंत में उत्पादों को कम दाम पर भी बेच सकती है। ऐसा होने से कंपनी के वास्तविक प्रदर्शन का संकेत मिल पाना बहुत मुश्किल हो जाता है।

निवेशकों को तिमाही आँकड़ों की जानकारी समाचार-पत्रों, बिजनेस चैनलों और कंपनी की वेबसाइट पर मिल सकती है।

□

10

बी.एस.ई. पर शेयरों के कितने समूह हैं?

बी. एस.ई. पर कारोबार करनेवाले शेयरों को ए,बी, टी, एस, टी.एस. और जेड समूहों में बाँटा गया है। इसके अलावा सिक्योरिटीज के वर्गीकरण के लिए कुछ समूह बनाए गए हैं, जिनमें एक और जी शामिल है।

शेयरों को समूहों में क्यों बाँटा जाता है?

आमतौर पर निवेशकों को हर शेयर के बारे में पूरी जानकारी नहीं होती। उनकी मदद के लिए ही एक्सचेंज को कुछ खास खूबियों या कमियों के आधार पर श्रेणियों में बाँट देते हैं, ताकि निवेशकों को निवेश या ट्रेड करते समय उनके बारे में कुछ आधारभूत बातें समझ में आ जाएँ।

समूहों में शेयरों का वर्गीकरण किस आधार पर किया जाता है?

शेयरों के वर्गीकरण के लिए उनकी बाजार पूंजी (एम. कैश), ट्रेडिंग वॉल्यूम, नतीजे, इतिहास मुनाफा, लाभांश, हिस्सेदारी और इसी तरह के कुछ मानकों का सहारा लिया जाता है। समूह के शेयरों को निवेशक और विश्लेषक सबसे भरोसेमंद मानते हैं। इस वर्ग में शामिल किए जाने के लिए जरूरी मानकों में सबसे महत्त्वपूर्ण बाजार पूँजीकरण है। इस समय ए समूह में कुल 216 शेयर शामिल हैं। समूह में अपनी जगह बनाए रखने के लिए शेयरों को लगातार अपनी मजबूती बनाए रखनी होती है, क्योंकि बहुत बार कई कंपनियों के शेयर एक समूह से दूसरे समूह में विस्थापित किए जाते है। कुछ हटाए

जाते हैं और कुछ नए जुड़ते चले जाते हैं। ऐसे समूह में बी.एस. ई. इंडोनेक्स्ट सूचकांक के शेयरों को शामिल किया गया है। इस सूचकांक का गठन बी.एस.ई. ने 7 जनवरी, 2005 को किया था। एस समूह में भी समूह के शेयर शामिल होते हैं और इसके अलावा 3 करोड़ से 30 करोड़ रुपए तक की पूँजी वाली कंपनियाँ, जो केवल क्षेत्रीय एक्सचेंजों में सूचीबद्ध हैं, वे शेयर भी एस समूह का हिस्सा होते हैं।

जेड समूह में किस तरह के शेयर शामिल हैं?

बी.एस.ई. ने यह समूह वर्ष 1999 में बनाया था। इसमें ऐसी कंपनियों के शेयरों को शामिल किया जाता है, जो सूचीबद्ध होते समय एक्सचेंज द्वारा तय नियमों का पालन करने में असफल रहती हैं। इसमें शेयरधारकों की समस्याओं के प्रति उदासीन और अपने शेयरों के डीमैटीरियलाइजेशन के लिए जरूरी प्रबंध करने में नाकाम रहनेवाली कंपनियों को भी शामिल किया जाता है। जो शेयर ए, एस और जेड समूह में शामिल नहीं होते, वे बी समूह में होते हैं। मार्च 2008 से पहले इस समूह के शेयर समूहों बी1 और बी 2 में बँटे थे, लेकिन अब इन्हें एक ग्रुप बना दिया गया है। टी समूह में वे शेयर होते हैं, जिन्हें ट्रेड-टू-ट्रेड आधार पर ही खरीदा-बेचा जा सकता है। टी एस समूह में उन्हें रखा गया है, जो इंडोनेक्स्ट इंडेक्स में शामिल हैं और जिनमें ट्रेड-टू-ट्रेड आधार पर कारोबार होता है। एक समूह के तहत तय आयवाले सिक्योरिटीज को रखा गया है और जी ग्रुप में सरकारी सिक्योरिटीज रखे जाते हैं।

□

11

राइट्स इश्यू, शेयर विभाजन और ओपन ऑफर?

राइट्स इश्यू के तहत कंपनी रकम जुटाने के लिए मौजूदा शेयरधारकों को नए शेयर जारी करती है। आमतौर पर ये शेयर डिस्काउंट (मौजूदा भाव से कम) पर दिए जाते हैं। शेयरधारकों को उनके पास पहले से मौजूद शेयरों के अनुपात में नए शेयर जारी किए जाते हैं। जैसे, अगर कोई कंपनी 2:5 में राइट्स इश्यू देने की घोषणा करती है तो शेयरधारक को उस कंपनी के हर 2 शेयर पर 5 शेयर खरीदने का अधिकार होगा। यह इसी गुणनफल में आगे भी लागू होगा। राइट्स इश्यू में जारी शेयर सूचीबद्ध होने के बाद आम शेयरों की तरह ही खरीदे-बेचे जा सकते हैं।

शेयर विभाजन

इस प्रक्रिया के तहत एक शेयर को कई शेयरों में विभाजित कर दिया जाता है, जिससे शेयरों का बाजार भाव विभाजन के अनुपात में कम हो जाता है। साथ ही उसकी फेस वैल्यू भी उसी अनुपात में कम हो जाती है। जैसे 10 रुपए फेस वैल्यू वाले शेयर को कंपनी अगर 5:1 में विभाजित करने की घोषणा करती है और उसका बाजार भाव 2,000 रुपए चल रहा हो तो एक्स स्प्लिट होने के बाद उसके शेयर का भाव लगभग 400 रुपए पर आ जाएगा और उसकी फेस वैल्यू घटकर 2 रुपए हो जाएगी। आमतौर पर कंपनियाँ अपने शेयरों का कारोबार बढ़ाने के लिए ही शेयर विभाजन का सहारा लेती हैं।

शेयरों की पुनःखरीद

प्रमोटर कंपनी में अपनी हिस्सेदारी बढ़ाने के लिए दो तरीके अपनाते हैं–या तो वे खुले बाजार से धीरे-धीरे अपनी कंपनी के शेयर खरीदते हैं या फिर मौजूदा शेयरधारकों को एक खास भाव पर अपने शेयर प्रमोटर को बेचने को कहते हैं। दूसरी प्रक्रिया को पुनःखरीद यानी 'बायबैक' कहा जाता है। बायबैक में प्रमोटर एक खास तारीख तक शेयरधारकों को अपने शेयर बेचने का प्रस्ताव करता है। इससे कंपनी में एक ओर तो प्रमोटर की हिस्सेदारी बढ़ती है और दूसरी ओर आम जनता की हिस्सेदारी घटती है। इससे शेयर के भाव पर सकारात्मक दबाव पड़ता है। आमतौर पर बायबैक को कंपनी के लिए काफी अच्छा माना जाता है, क्योंकि इससे पता चलता है कि उसके प्रमोटरों को अपनी योजनाओं और कंपनी के भविष्य पर पूरा भरोसा है।

ओपन ऑफर

यह राइट्स इश्यू की तरह ही किसी कंपनी के लिए रकम जुटाने का एक जरिया है, जिसमें कंपनी अपने शेयरधारकों को मौजूदा बाजार भाव से कम पर शेयरों की खरीद के लिए प्रस्ताव करती है। राइट्स इश्यू से यह इस मायने में अलग होता है कि इसमें शेयरधारक राइट्स में मिले शेयरों को तुरंत बाजार में बेच सकते हैं, लेकिन ओपन ऑफर में मिले शेयरों को तुरंत नहीं बेचा जा सकता।

अगर कंपनी का कोई प्रमोटर कंपनी में अपनी हिस्सेदारी बढ़ाना चाहता है या कोई गैर-प्रमोटर कंपनी में अपनी हिस्सेदारी बढ़ाकर 15 फीसदी कर देता है या कंपनी में स्टॉक एक्सचेंज से डीलिस्ट होने की स्थिति में ओपन ऑफर लाया जाता है।

(i) क्या है ओपन ऑफर?

अगर कंपनी का कोई प्रमोटर कंपनी में अपनी हिस्सेदारी बढ़ाना चाहता है या कोई गैर-प्रमोटर कंपनी में अपनी हिस्सेदारी बढ़ाकर 15

फीसदी कर देता है या कंपनी के स्टॉक एक्सचेंज से डीलिस्ट होने की स्थिति में ओपन ऑफर लाया जाता है।

ओपन ऑफर के जरिए शेयरधारकों को शेयरों को बेचकर कंपनी में अपनी हिस्सेदारी खत्म करने का विकल्प मिलता है। कंपनी को ओपन ऑफर के लिए सार्वजनिक घोषणा करनी पड़ती है। जब अधिग्रहण करनेवाली कंपनी दूसरी कंपनी में अपनी हिस्सेदारी बढ़ाकर 5 फीसदी या 10 फीसदी या 14 फीसदी करती है तो उसे हर बार उस कंपनी को और स्टॉक एक्सचेंज को इसकी जानकारी देनी पड़ती है।

अधिग्रहण करनेवाली कंपनी की हिस्सेदारी दूसरी कंपनी में 15 फीसदी हो जाने पर उसे ओपन ऑफर की घोषणा करनी पड़ती है। नियमों के मुताबिक, अधिग्रहण करनेवाली कंपनी को कम-से-कम अतिरिक्त 20 फीसदी शेयरों के लिए ओपन ऑफर लाना पड़ता है। ओपन ऑफर के लिए कंपनी के प्रत्येक शेयर की कीमत पिछले 26 हफ्तों की उसकी औसत से कम नहीं होनी चाहिए।

ओपन ऑफर की घोषणा के लिए क्या शर्तें हैं?

ओपन ऑफर पेश करनेवाली कंपनी को इसकी सार्वजनिक घोषणा करनी पड़ती है। कंपनी को शेयर की ऑफर कीमत, शेयरधारकों से खरीदे जानेवाले शेयरों की संख्या, अधिग्रहण का उद्देश्य, अधिग्रहण करनेवाली कंपनी की पहचान, भविष्य की योजनाएँ और ओपन ऑफर की अवधि की जानकारी देनी पड़ती है। ऑफर बंद होने के 15 दिन के अंदर कंपनी को शेयरधारकों को शेयरों की कीमतों का भुगतान करना पड़ता है। भुगतान में देरी होने पर कंपनी को शेयरधारकों को भुगतान की रकम पर ब्याज देना पड़ता है।

ओपन ऑफर और राइट्स इश्यू के बीच क्या अंतर है?

ओपन ऑफर व राइट्स इश्यू दोनों का मकसद फंड जुटाना होता है, लेकिन ओपन ऑफर में कंपनी या प्रमोटर को रकम खर्च करनी पड़ती है,

जबकि राइट्स इश्यू में यह प्रक्रिया आसान है। अकसर राइट्स इश्यू के तहत शेयर की कीमत स्टॉक एक्सचेंज में चल रही शेयर की कीमत के मुकाबले कम होती है। ओपन ऑफर में शेयर की कीमत पिछले छह महीने की उसकी औसत कीमत के आधार पर तय की जाती है। यहाँ अकसर निर्धारित कीमत स्टॉक एक्सचेंज में शेयर की चल रही कीमत के मुकाबले अधिक होती है। कीमत अधिक होने के चलते शेयरधारक अपने शेयर बेचते हैं।

ओपन ऑफर के बाद कंपनी में आम शेयरधारकों की हिस्सेदारी घट जाती है, जबकि राइट्स इश्यू के बाद शेयरों की संख्या बढ़ने से कंपनी में आम निवेशकों की हिस्सेदारी बढ़ जाती है।

□

12

बायबैक का फंडा

किसी कंपनी के अपने शेयर दोबारा खरीदने के कदम को बायबैक कहा जाता है। ऐसा करके कंपनी खुले बाजार में उपलब्ध अपने शेयरों क़ी संख्या घटाती है। इस कदम से आय प्रति शेयर में इजाफा होने के अलावा कंपनी की संपत्ति पर मिलनेवाला रिटर्न भी बढ़ता है।

इनके असर से कंपनी की बैलेंस शीट भी बेहतर होती है। निवेशक के लिए बायबैक का मतलब है—कंपनी में उसकी हिस्सेदारी में बदलाव आना। शेयर बायबैक करने को कभी-कभार शेयर खरीदना कहा जाता है और आमतौर पर इसे शेयर की कीमत में उछाल का संकेत माना जाता है।

कैसे होता है बायबैक?

कंपनी टेंडर ऑफर या खुले बाजार में बायबैक से अपने शेयर वापस खरीद सकती है। पहले तरीके में कंपनी शेयरों की उन संख्या से जुड़े ब्योरे के साथ टेंडर ऑफर जारी करती है, जिन्हें खरीदने की उसकी योजना है और प्राइज रेंज का संकेत देती है। ऑफर को स्वीकार करने में दिलचस्पी रखनेवाले निवेशक को एक आवेदन भरकर जमा कराना होता है, जिसमें इसकी जानकारी होती है कि वह कितने शेयर टेंडर करना चाहता है और वांछित कीमत क्या है। इस फॉर्म को कंपनी के पास वापस भेजना होता है। ज्यादातर मामलों मे टेंडर ऑफर बायबैक की कीमत ओपन मार्केट में शेयर के दाम से ज्यादा होती है। सेबी के दिशा-निर्देशों के मुताबिक अगर

कंपनी आपके शेयरों को स्वीकार करती है तो उसे आपको क्वीज होने के 15 दिन के भीतर जानकारी देनी होगी। कंपनी के समक्ष दूसरा रूट यह होगा कि वह सीधे बाजार से धीरे-धीरे शेयरों को खरीदे।

कहाँ से मिलेगी जानकारी? : बायबैक से जुड़ी तमाम जानकारी स्टॉक एक्सचेंज से मिल सकती है, क्योंकि कंपनियों को ऐसे प्रस्तावों के बारे में सूचित करने की जरूरत होती है।

कंपनियाँ क्यों चुन रही हैं बायबैक का रास्ता? : इसकी कई वजहें हो सकती हैं। कभी-कभी कंपनियाँ तब बायबैक में शामिल होती हैं, जब उन्हें लगता है कि बाजार में शेयरों की कीमत काफी टूट रही है। दूसरे हालात में ज्यादा नकदी का इस्तेमाल कर ऐसा किया जा सकता है। हालाँकि ऐसा कोई उदाहरण नहीं दिखता कि कंपनी के टेकओवर से बचने के लिए ऐसा किया गया हो।

लॉट क्या होता है और क्या होती है मार्जिन कॉल? : दरअसल नकद बाजार की तरह वायदा बाजार में कोई भी शेयर मनमानी संख्या में नहीं खरीदा जा सकता। एक्सचेंज यह तय करता है कि कौन सा शेयर कम-से-कम कितनी संख्या में खरीदा जा सकता है। इसी संख्या को 'लॉट' कहते हैं। वायदा बाजार में कोई भी शेयर लॉट में ही खरीदा जाता है। वैसे तो इस बारे में कोई पक्का नियम नहीं है, लेकिन आमतौर पर एक लॉट शेयरों की कीमत 2 लाख रुपए के आसपास होती है।

वायदा कारोबार में मार्जिन क्या होता है? : लॉट में शेयर खरीदना जाहिर है, काफी महँगा होता है। इसलिए शेयर ब्रोकर अपने ग्राहकों को मार्जिन की सुविधा देते हैं। मार्जिन के तहत शेयरों की साख के लिहाज से एक खास प्रतिशत रकम निवेशक को देनी होती है, जबकि बाकी रकम ब्रोकर निवेशक को देता है। आमतौर पर निवेशकों को अलग-अलग शेयरों के लिहाज से 20-30 फीसदी मार्जिन रखना होता है, जबकि 70-80 फीसदी कर्ज ब्रोकर देता है।

लॉन्ग और शॉर्ट किसे कहते हैं? : लॉन्ग होना यानी कोई शेयर में खरीदारी करना और शॉर्ट करना यानी कोई शेयर आपके पास न हो, लेकिन

ब्रोकर से कर्ज लेकर उसे बेचना।

मार्जिन कॉल क्या होती हैं? : मान लीजिए, आपने 5,000 पर एक लॉट अप्रैल के लिए लॉन्ग किया। निफ्टी के एक लॉट में 50 इकाइयाँ होती हैं। यानी आपको पूरे लॉट के लिए 2,50,000 रुपए देने होंगे। अब आपका ब्रोकर आपको 30 फीसदी मार्जिन जमा करने को कहता है, यानी आप 50 हजार रुपए जमा करते हैं। 2 लाख रुपए ब्रोकर आपकी पोजीशन पर आपको कर्ज देता है। अब बाजार गिरने लगता है और निफ्टी पहुँच गया 4,000 पर। यानी आपकी पोजीशन रह गई 2 लाख रुपए की। अब यहाँ से अगर निफ्टी थोड़ा भी नीचे गया और आपने मार्जिन बढ़ाने से इनकार कर दिया तो सौदा बाँटने के बाद भी घाटा ब्रोकर का होगा। ऐसे में जहाँ निफ्टी 4,100 से नीचे फिसलेगा, आपका ब्रोकर आपको तुरंत मार्जिन जमा कराने को कहेगा। अगर निफ्टी के 4,000 तक आने तक आप रकम जमा नहीं करा सके तो वह 4,000 पहुँचते ही सौदा करा देगा, ताकि उसे दिए गए कर्ज की रकम वापस मिल जाए।

□

13

सर्किट व वैल्यू एवरेजिंग क्या है?

सर्किट एक ऐसी व्यवस्था है, जिसके तहत किसी भी सूचकांक (इंडेक्स) या शेयर में किसी एक कारोबारी सत्र में बेलगाम एकतरफा चाल को रोका जाता है। जैसे अगर किसी शेयर में 5 फीसदी का सर्किट है और कल वह शेयर 100 रुपए पर बंद हुआ तो आज उसमें 95–105 रुपए के दायरे में ही कारोबार हो सकता है।

सर्किट कैसे तय होता है?

सर्किट तय करने के लिए किसी शेयर में कीमतों में उतार-चढ़ाव, औसत दैनिक कारोबार और शेयर की बुनियादी मजबूती के इतिहास को सहारा बनाया जाता है। सर्किट के चार स्तर होते हैं—2, 5, 10, 20 फीसदी। अलग-अलग शेयरों के इतिहास के लिहाज से उनका अलग-अलग सर्किट तय किया जाता है।

कैसे काम करता है सर्किट?

सर्किट दो तरह के होते हैं– ऊपर का सर्किट (अपर सर्किट) और नीचे का सर्किट (लोअर सर्किट)। ऊपरी सर्किट लगने के बाद किसी शेयर में बिकवाली तो की जा सकती है, लेकिन खरीद नहीं। उसी तरह लोयर सर्किट लगने पर उसमें खरीदारी तो की जा सकती है, लेकिन उसे बेचा नहीं जा सकता।

क्या सभी शेयरों पर सर्किट लगता है?

वायदा कारोबार में शामिल शेयरों के अलावा दूसरे सभी शेयरों में भी उनकी अप्रत्याशित तेजी या मंदी के चलते सर्किट लगता है। वायदा कारोबारवाले शेयरों में एक ही दिन में कितनी भी बढ़त या कितनी भी गिरावट आ सकती है। इनमें कारोबार नहीं रुकता।

सेंसेक्स, निफ्टी में सर्किट लगने का क्या नियम है?

सूचकांकों में दोनों ही तरह के सर्किट 3 चरणों में लगते हैं। पहले चरण में 10, दूसरे चरण में 15 और तीसरे चरण में 20 फीसदी का सर्किट लगता है। एक बार जब किसी एक इंडेक्स (सेंसेक्स या निफ्टी) में सर्किट लग जाता है तो दूसरे इंडेक्स में भी कारोबार अपने आप रोक दिया जाता है। सर्किट लगने पर एक साथ हाजिर और वायदा दोनों बाजारों में कारोबार बंद हो जाता है।

अगर बाजार में 1 बजे से पहले 10 फीसदी की गिरावट आती है तो एक घंटे के लिए कारोबार रुक जाता है। अगर यह गिरावट 1 बजे या उसके बाद, लेकिन 2.30 बजे से पहले आती है तो कारोबार आधे घंटे के लिए रोक दिया जाता है और अगर 10 फीसदी की गिरावट 2.30 बजे या उसके बाद आती है तो कारोबार पर कोई रोक नहीं लगती यानी वह 3.30 बजे तक चलता रहता है।

अगर बाजार में 1 बजे से पहले 15 फीसदी की गिरावट आती है तो 2 घंटे के लिए कारोबार रुक जाता है। अगर यह गिरावट 1 बजे या उसके बाद, लेकिन 2 बजे से पहले आती है तो कारोबार एक घंटे के लिए रोक दिया जाता है और अगर 15 फीसदी की गिरावट 2 बजे या उसके बाद आती है तो कारोबार पूरे दिन के लिए बंद कर दिया जाता है।

बाजार 20 फीसदी गिरता है तो उसके बाद बाकी दिन के लिए कारोबार बंद कर दिया जाता है। ऐसे समय अकसर वित्त मंत्रालय द्वारा बयान जारी होता है और सरकार तुरंत हरकत में आती है।

वैल्यू एवरेजिंग क्या है?

वैल्यू एवरेजिंग निवेश की एक ऐसी रणनीति है, जो हर महीने नियमित रूप से डाली जानेवाली रकम के रूप में रुपया कॉस्ट एवरेजिंग का काम करती है। वैल्यू एवरेजिंग में निवेशक हर महीने अपने पोर्टफोलियो के लिए बढ़त दर या रकम का लक्ष्य तय करता है। इसके बाद वास्तविक संपत्ति पर तुलनात्मक फायदे या नुकसान के मुताबिक अगले महीने के योगदान को एडजस्ट किया जाता है। वैल्यू एवरेजिंग का मुख्य लक्ष्य कीमतें गिरने पर ज्यादा शेयर खरीदना और कीमतें चढ़ने पर कम शेयर बटोरना है। ठीक ऐसा ही रुपया कॉस्ट एवरेजिंग में होता है। इस प्रक्रिया के तहत आप शेयरों की खरीदारी के वक्त आए खर्च को कम-से-कम स्तर पर लाने के लिए आगे उस वक्त शेयर खरीदते हैं, जब उनके दाम निचले स्तर पर हों। कई वर्षों की समयावधि में वैल्यू एवरेजिंग बढ़िया रिटर्न जुटाने में मदद देती है। सिस्टेमेटिक इन्वेस्टमेंट प्लान (SIP) इसका सबसे मजबूत हथियार है। आप इक्विटी व फंड में SIP के जरिए मासिक रूप से निवेश का वैल्यू एवरेजिंग का फायदा ले सकते हैं।

नुकसान का जायजा

वैल्यू एवरेजिंग के साथ जो सबसे बड़ा संभावित खतरा है, वह यह है कि जैसे-जैसे निवेशक का एसेट बेस यानी संपत्ति आधार बढ़ता है तो लक्ष्य से दूरी को पाटने की क्षमता बनाए रखने में काफी मुश्किलों का सामना करना पड़ता है। ऐसी स्थिति में एक विकल्प संपत्ति का एक अंश फिक्स्ड इन्कम फंड में लगाने से जुड़ा है। इस विकल्प के तहत आप रिटर्न के हर महीने से जुड़े लक्ष्य तक पहुँचने के लिए इक्विटी होल्डिंग में पैसा डाल और निकाल सकते हैं। इस माध्यम से नई फंडिंग के तौर पर नकदी के आवंटन के बजाय इसे फिक्स्ड इन्कम के अंश के तौर पर जुटाया जा सकता है और जरूरत के मुताबिक इक्विटी होल्डिंग में ज्यादा रकम में आवंटित भी किया जा सकता है।

बाजार का सबसे ऊपरी और सबसे निचले स्तर का अंदाजा लगाना लगभग नामुमकिन है। हालाँकि रकम के मामले में अलग-अलग स्तर अपनाने से निवेशकों को मदद मिल सकती है।

ज्यादातर निवेशक रुपया वॉस्ट एवरेजिंग या म्यूचुअल फंड के सिस्टेमेटिक इन्वेस्टमेंट प्लान (एस.आई.पी.) की अवधारणा से वाकिफ होते हैं। इसके तहत आप नियमित अंतराल पर एक निश्चित रकम निवेश करते हैं। निवेश के गलियारों में वैल्यू एवरेजिंग ज्यादा परिपक्व धारणा मानी जाती है। यहाँ निवेशक से इस बात की उम्मीद की जाती है कि वह फंड की तय की गई वैल्यू तक पहुँचने के लिए बाजार की दिशा (मार्केट चढ़ने या उतरने) के मुताबिक रकम को एडजस्ट करने का काम करेगा।

□

14

किस तरह होता है टेक्निकल एनालिसिस?

टेक्निकल एनालिसिस समझने के लिए सबसे पहले चार्ट को समझने की जरूरत है। चार्ट चार तरह के होते हैं—लाइन चार्ट, बार चार्ट, कैंडलस्टिक चार्ट और पॉइंट एंड फिगर चार्ट। इनमें बार चार्ट सबसे ज्यादा लोकप्रिय है और ज्यादातर चार्टिस्ट इसी का इस्तेमाल करते हैं।

बार चार्ट कैसे तैयार होता है?

बार चार्ट में बहुत सारी वर्टिकल लकीरें होती हैं, जिन्हें 'बार' कहते हैं। इनमें हर लकीर के दोनों ओर दो बहुत छोटी-छोटी क्षैतिज लकीरें होती हैं। एक बार में चार सूचनाएँ होती हैं। बार का सबसे ऊपरी सिरा किसी खास दिन पर शेयर का अधिकतम भाव बताता है, जबकि निचला सिरा उसी दिन शेयर के न्यूनतम भाव बताता है। बार के बाईं ओर जो क्षैतिज छोटी रेखा होती है, वह शेयर के खुलने का भाव बताती है और दाईं ओर की क्षैतिज छोटी रेखा शेयर का क्लोजिंग भाव बताती है।

बार चार्ट कैसे तैयार होता है?

दिनों को एक्स (x) अक्ष और भाव को वाई (y) अक्ष पर रखकर हर दिन के लिए एक बार खींचा जाता है और फिर बहुत से बार मिलकर एक चार्ट तैयार करते हैं। इस चार्ट में गिरावटवाले दिनों (यानी जब बाईं ओर की क्षैतिज रेखा ऊपर हो और दाईं ओर की नीचे) को लाल या काले

रंग में दिखाया जाता है और बढ़तवाले दिनों (यानी बाईं ओर की क्षैतिज रेखा दाईं के मुकाबले नीचे हो) को हरा या सफेद दिखाया जाता है।

टेक्निकल एनालिसिस में वॉल्यूम का क्या महत्त्व है?

वॉल्यूम यानी कारोबार किए गए शेयरों की संख्या। टेक्निकल एनालिसिस दरअसल पूरे बाजार के मनोविज्ञान को पढ़ने का एक विज्ञान है। तो स्वाभाविक है कि इस मनोविज्ञान का सही निष्कर्ष केवल तभी निकाला जा सकेगा, जब ज्यादा-से-ज्यादा लोग भागीदारी कर रहे हों; क्योंकि कम वॉल्यूमवाले शेयरों में अकसर कीमतों का नियंत्रण कुछ ऑपरेटरों के हाथ में होता है।

ट्रेंड लाइन क्या है?

बार चार्ट में किसी शेयर के हर दिन के उच्चतम और न्यूनतम दामों को एक सीधी रेखा से मिलाने से जो लाइन मिलती है, उसे ट्रेंड लाइन कहते हैं। चार्टिस्ट गिरते हुए शेयर की ट्रेंड लाइन खींचने के लिए उसके उच्चतम भाव से लाइन खींचते हैं, जबकि चढ़ते हुए शेयर की ट्रेंड लाइन खींचने के लिए न्यूनतम भाव से लाइन खींची जाती है। ज्यादा सही नतीजों के लिए किसी एक दिन के उच्चतम या न्यूनतम भाव की जगह कई दिनों के उच्चतम या न्यूनतम भावों के घनत्ववाले इलाके से लाइन खींची जाती है।

ट्रेंड लाइन ट्रेडरों का सबसे अच्छा दोस्त होता है, जिसे अंग्रेजी में 'ट्रेंड इज द बेस्ट फ्रेंड' भी कहते हैं। ट्रेंड टूटने का अर्थ होता है कि शेयर की चाल पर रुख बदलने वाला है, यानी अगर शेयर भाव गिर रहा हो और एकाएक शेयर की कीमतें ऊपर से खींची गई ट्रेंड लाइन को काटकर नीचे की ओर आने लगें तो समझना चाहिए कि बढ़त शुरू होने वाली है। इसके उलट अगर चढ़ते हुए शेयर या इंडेक्स के निचले भाव से खींची गई ट्रेंड लाइन कीमतों के ऊपर जाने लगे तो तेजी के सौदे काट लेने चाहिए।

चार्ट में स्टॉप लॉज के मायने

स्टॉपलेस किसी शेयर या सूचकांक की वह कीमत होती है, जिस पर पहुँचने के बाद सौदे काट दिए जाते हैं, जैसे बढ़ते हुए भाव के किसी भी चार्ट में जिस जगह भाव ट्रेंड लाइन को काटकर नीचे की ओर जाए, वहीं स्टॉपलेस होता है। इसी तरह मंदी के सौदों में आप जहाँ ट्रेंड लाइन को काटकर ऊपर आ जाएँ, वहीं उन सौदों का स्टॉपलेस होता है। जब स्टॉपलेस को भाव के साथ बढ़ाया या घटाया जाता है तो उसे 'ट्रेकिंग स्टॉपलेस' कहते हैं।

□

15

निवेश के बुनियादी सूत्र क्या हैं?

शेयर बाजार में निवेश करनेवाला निवेशकर्ता है। सभी को निवेश करने से पहले कई बातों के बारे में सावधानी बरतनी चाहिए। पेश हैं निवेश से संबंधित दस बुनियादी सूत्र—

1. अपनी बचत की हुई संपूर्ण राशि को सिर्फ शेयरों में निवेश न करें। उदाहरण के तौर पर, अगर आपके पास 1 लाख रुपए हैं तो 25 हजार रुपए ही शेयरों में निवेश करें। शुरुआत 25 प्रतिशत से करें।
2. एक ही कंपनी के शेयर न लेते हुए, अलग-अलग और अच्छी साखवाली कंपनियों के शेयरों में निवेश करें। जैसे कि एक शेयर आई.टी. क्षेत्र का, दूसरा बैंकिंग, तीसरा इन्फ्रास्ट्रक्चर, चौथा दूरसंचार या सीमेंट या फिर स्टील वगैरह में; परंतु वे सारे शेयर अच्छी साख रखनेवाली कंपनियों के होने चाहिए।
3. शेयरों को खरीदते और बेचते समय आपके पास 'पैन' (परमानेंट एकाउंट नंबर) और डीमेट एकाउंट का भी होना जरूरी है।
4. शेयर बाजार में शेयर खरीदने और बेचने के लिए आप उस ब्रोकर का चुनाव करें, जिसकी छवि और सर्विस अच्छी हो। शेयर बाजार में होनेवाले सभी उतार-चढ़ाव की जानकारी उसके पास हो। साथ ही वह पंजीकृत भी हो, इस बात का ध्यान जरूर रखें।
5. टिप्स-कल्चर से गुमराह न हों। लोग कई तरह की नई-नई स्क्रिप्स खरीदने की सलाह देने लगेंगे। उनमें दाम तो बढ़ते होंगे, लेकिन

बिना सोचे-समझे खरीदने में लेने के देने पड़ सकते हैं।

6. आपके रिश्तेदार, मित्र, पड़ोसी को अगर किसी शेयर को बेचकर अच्छा दाम मिला है तो आप इस भ्रम में कतई न रहें कि उसी शेयर को खरीदकर और बेचकर आपको भी अच्छा दाम मिले।
7. शेयर बाजार की अफवाहों और प्रसार माध्यमों में पढ़कर, किसी भी कंपनी के बारे में सुनकर निवेश न करें। कंपनी के बारे में संपूर्ण जानकारी कंपनी की वेबसाइट पर उपलब्ध होती है। इसे अच्छी तरह से पढ़कर ही निर्णय लें।
8. निवेश लंबे समय का खेल है, लेकिन जिसे डे-ट्रेडिंग कहते हैं, वह एक सट्टा है। इसमें शेयर जल्दी खरीदकर बेचने की प्रक्रिया होती है। इसीलिए निवेश और सट्टे के फर्क को समझें। डे-ट्रेडिंग में बहुत जोखिम होता है। इसमें आपकी बचत की रकम पूरी तरह से डूब भी सकती है। लेकिन अगर आप डे-ट्रेडिंग में मास्टर हो जाएँ तो यह आप पूर्णकालिक कॅरियर भी बन सकता है।
9. जब भी शेयर खरीदें, लंबे समय के लिए खरीदें। अगर आपके दाम आज कम होते हैं तो भविष्य में बढ़ने के आसार भी होते हैं। इसके बावजूद अगर बीच में ही अच्छा मुनाफा मिल रहा है तो प्रॉफिट बुक कर लेना चाहिए। कम-से-कम 50 प्रतिशत शेयर मुनाफा लेकर बेच दें। अगर कोई कमजोर साख की कंपनी के शेयर लिये हैं तो उसका नुकसान उठाने के लिए भी तैयार रहें।
10. शेयर बाजार बहुत ही संवेदनशील होता है। उस पर हर तरह की घटना का प्रभाव पड़ता है। जैसे कि अमेरिका के अर्थतंत्र का, राजकीय घटनाओं, महँगाई, कंपनियों के परिणामों, एशियन मार्केट्स, उद्योगों का प्रभाव, इसलिए उसमें उतार-चढ़ाव की स्थिति बनी रहती है। आपको तो सिर्फ अपने शेयर के बारे में जानकारी रखनी होती है, इंडेक्स के बारे में नहीं। अगर आपके शेयर अच्छी कंपनी के हैं तो फिर से बढ़ेंगे।

(i) सात सूत्र में छिपी निवेश की सफलता

शेयर बाजार की आधारभूत वास्तविकताओं को समझ लिया जाए तो असफलताओं को टालकर सफलता हासिल की जा सकती है। पेश हैं निवेश के सात बुनियादी सूत्र—

- **पहला सूत्र** : शेयर बाजार में जब मंदी का दौर शुरू हो जाता है और भाव नीचे उतर जाने से खरीदारों में उत्साह नहीं रहता है, ऐसी स्थिति में निवेशकों की रियल्टी यह होती है कि वे बाजार से दूर हो जाते हैं। जबकि सत्य यह है कि यही वह समय है जब निवेशकों को बाजार में प्रवेश करके धीरे-धीरे खरीदारी करनी चाहिए और जैसे-जैसे कम भाव पर शेयर मिलते रहें, उन्हें लेते रहना चाहिए। आप ही विचार करें कि 21,000 के इंडेक्स पर खरीदना चाहिए या बेचना? और 8-10 हजार के इंडेक्स पर बेचें या खरीदें?
- **दूसरा सूत्र** : शेयर बाजार में नहीं, कंपनी में निवेश करना चाहिए। बाजार में शेयरों के भाव की घट-बढ़ देखकर उसके पीछे दौड़नेवालों को बाजार खदेड़ता है, जबकि कंपनी के कार्य परिणाम और ट्रैक रिकॉर्ड को देखकर निवेश करने वाले बाजार की चाल से नहीं घबराते। शेयर बाजार के रुझान को प्रभावित करनेवाले अनेक कारक तत्त्व होते हैं, परंतु कंपनी को प्रभावित करनेवाले कारक तत्त्व काफी कम होते हैं। अत: आपको अपना ध्यान कंपनी पर केंद्रित करना चाहिए, न कि बाजार पर। आपका साथी शेयर बाजार की चाल को देखता रहता है, जबकि रियल्टी में कंपनी अच्छी हो तो शेयर बाजार भी उसका अच्छा फल देता है। सत्यम घोटाले के बाद उसी कंपनी को टेक महिंद्रा ने अधिगृहीत किया और शेयरों में आया चढ़ाव इस वास्तविकता का ताजा उदाहरण है।
- **तीसरा सूत्र** : तय कर लें कि आपको निवेश करना है या सट्टा लगाना है! सामान्य रूप से लोग शेयरों में निवेश करने की बात करते हैं और दूसरे दिन से ही उसके भाव का उतार-चढ़ाव देखने लगते हैं। परिणामस्वरूप निवेश करने के बाद वे सदैव चिंतित रहते हैं और

बाद में अपनी मानसिक चंचलता का दोष बाजार के मत्थे मढ़ देते हैं। बाजार तो चंचल ही रहने वाला है। वह तो उसका स्वभाव है। बाजार पर प्रतिदिन सवेरे से इतने समाचार सवार होने लगते हैं कि वह स्थिर कैसे रह सकता है? परंतु आप तो स्थिर रह सकते हैं। हाँ, शेयर बाजार में सफल होने के लिए यह जरूरी है कि आप निवेशक के रूप में सत्य और वास्तविकता दोनों को स्वीकार करते हुए चलें।

- **चौथा सूत्र** : 'जो घर में आ जाए, वही नफा' – अर्थात् शेयर बाजार में कागज पर नफा या नुकसान एक सत्य है, परंतु वास्तविकता नहीं। तेजी में आपके शेयरों का भाव ऊँचा हो गया हो या मंदी में नीचा, यह आपके नफे या नुकसान को दरशाता है, परंतु सिर्फ कागजों पर। निवेशकों को परंपरागत निवेश साधनों के मुकाबले शेयरों में कितना प्रतिफल मिल रहा है, इस बात को ध्यान में रखते हुए अपने संतोष की सीमा निर्धारित कर लेनी चाहिए। इसका अभिप्राय यह है कि निवेशकों को चाहिए कि वे उचित समय पर अपने शेयरों को बेचकर मुनाफा बुक कर लें। इसी प्रकार उचित समय पर तथा उचित स्तर पर घाटा भी बुक कर लेना चाहिए। इसका निर्णय निवेशकों को अपने विवेक और परिस्थितियों को ध्यान में रखकर लेना चाहिए। अनंत लाभ का इंतजार नहीं करना चाहिए तथा उसी प्रकार अनंत समय तक इस बात का इंतजार भी नहीं करना चाहिए कि उन शेयरों के भाव सुधरकर फिर से लौटेंगे। हाँ, न सुधरने की स्थिति में घाटे को स्वीकार करके बची हुई रकम को अन्य शेयरों में निवेश कर देना चाहिए।
- **पाँचवाँ सूत्र** : 'सुनें सबकी, करें अपने मन की'। शेयर बाजार में आप हमेशा इस बात पर ही ध्यान देते हैं कि लोग क्या कहते हैं तथा क्या करते हैं और उसी के अनुसार चलते हैं। आप जिस दिन से लोगों का अंधानुकरण करना बंद कर देंगे, उसी दिन से शेयर बाजार में आपकी सफलता का द्वार खुल जाएगा। जब तक आप भीड़ का हिस्सा बने रहेंगे, तब तक आप उसी समय खरीदारी करेंगे, जब सब

खरीद रहे होंगे और जब सब बेचना शुरू कर देंगे, तब आप भी अपने शेयर बेच डालेंगे। यहाँ सफलता का सूत्र यह है कि जब सब लोग बेच रहे हों, तब आप खरीदें और जब सब लोग खरीद रहे हों, तब आप बेच दें।

- **छठा सूत्र** : किसी भी शेयर के साथ भावनात्मक जुड़ाव न रखें। उचित प्रतिफल पर संतोष कर लेना चाहिए। कई बार आप बैंक या कंपनी की फिक्स डिपॉजिट में निवेश करके 8 से 10 प्रतिशत तक प्रतिफल पाकर संतुष्ट हो जाते हैं। किसी-किसी शेयर में 1 महीने में तो किसी में 6-12 महीनों में निवेश दोगुना हो सकता है; परंतु हमेशा ऐसा होता रहे, यह जरूरी नहीं है। किसी भी शेयर के साथ स्थायी रूप से संबंध नहीं जोड़ें। हालाँकि अपवाद-स्वरूप कुछ मामलों में अच्छे शेयर संतानों के लिए वसीयत के तौर पर रखे जा सकते हैं।
- **सातवाँ सूत्र** : इक्विटी शेयर प्रतिफल के लिए श्रेष्ठ साधन हैं। अभी तक का इतिहास गवाह है कि विश्व के विभिन्न निवेश साधनों में से इक्विटी में किए गए निवेश ने ही सबसे ज्यादा प्रतिफल दिया है। इक्विटी की विशेषता यह भी है कि यह निवेशकों के निवेश को शून्य भी कर देता है। इक्विटी में निवेश करनेवालों को यह सत्य स्वीकार करके ही इसमें निवेश करना चाहिए। इस सत्य के साथ एक पहलू यह भी है कि बाजार में विप्रो जैसे शेयर में जिसने 10 हजार रुपए का निवेश किया था और जिन्होंने यह निवेश 27 वर्षों तक सँभालकर रखा, आज उनका यह निवेश 200 करोड़ रुपए से अधिक का हो गया। इसी वजह से इक्विटी में निवेश जोखिम भरा माना जाता है। चूँकि जोखिम अधिक है, इसलिए प्रतिफल भी अधिक है।

□

16

निवेश करते वक्त इन सबका हमेशा ध्यान रखें

पिछले दिनों वैश्विक आर्थिक मंदी और उसके चलते पड़े थपेड़ों ने बहुराष्ट्रीय कंपनियों और रईस निवेशकों को ऐसा बहुमूल्य सबक सिखाया है, जिसे वे दोबारा ऐसा तूफान आने की सूरत में अपनी रकम बचाने के लिए इस्तेमाल कर सकते हैं। क्या हैं ये सबक—

नेटवर्क पर रखें नजर

आमदनी और लोन के बीच संतुलन कायम करना बहुत जरूरी है। खर्च करने और कर्ज लेने में संयम बरतने से बाजार के लुढ़कने के वक्त आप अपने पोर्टफोलियो को भारी नुकसान से बचा सकते हैं। निवेशक को बढ़िया व बुरे लोन में साफ अंतर पता होना चाहिए और रिपेमेंट के लिए पुख्ता योजना तैयार करनी चाहिए, ताकि भारी ब्याज खर्च उनकी जेब पर चोट न करे।

अगर कोई व्यक्ति हाथ में आनेवाली तनख्वाह का 30 फीसदी हिस्सा कर्ज चुकाने में खर्च करता है तो ऐसा शख्स मुश्किलों में फँस सकता है। इस सूची से आप होम लोन को बाहर रख सकते हैं, क्योंकि ई.एम.आई. का भुगतान आपको एक दिन उस मकान का मालिक बना देगा। इसे बढ़िया लोन कहते हैं; लेकिन जिन लोन पर काबू रखना चाहिए, उनमें कार लोन, क्रेडिट कार्ड पर बकाया राशि और पर्सनल लोन आदि शामिल हैं।

इसके पीछे तर्क यह है कि आप तनख्वाह का 30-40 फीसदी लाइफ स्टाइल और घर की दूसरी जरूरतों में खर्च करते हैं। अगर आप कर्ज चुकाने में 30 फीसदी रकम और झोकेंगे तो वित्तीय लक्ष्यों तक पहुँचना नामुमकिन-सा हो जाएगा।

बाजार की चाल का अंदाजा लगाने की जुर्रत मत कीजिए

कई निवेशक शेयर बाजार की चाल का अंदाजा लगाने की कोशिश करते हैं। उन्हें उम्मीद होती है कि वे निचले स्तरों पर मार्किट में दाखिल होंगे और ऊँचे स्तरों पर उससे बाहर निकलने में कामयाब रहेंगे। ऐसा कितनी बार होता है, हम सभी जानते हैं। वित्तीय योजनाकारों का कहना है कि बाजार अगले पल कौन सी दिशा पकड़ेंगे, इसका अनुमान नहीं लगाया जा सकता और कई निवेशक ऐसा प्रयास करते वक्त अपनी रकम गँवा बैठते हैं।

कई निवेशक ऐसे होते हैं, जो बाजार में तेजी के दौरान दाखिल होते हैं और पूँजी घटने की सूरत में निवेश से बाहर निकलने के लिए तड़पने लगते हैं। हालाँकि उसके ठीक उलट कदम उठाना ही सही रणनीति है, क्योंकि वे ऊँचे स्तरों पर बाजार में पैसा लगाते हैं, न कि निचले स्तरों पर, इसलिए पूँजी की रिकवरी में लंबा वक्त लगता है।

विविधता ही है सही रणनीति

निवेशकों को यह याद रखना चाहिए कि पोर्टफोलियो का डायवर्सिफिकेशन उन्हें बाजार में आनेवाली मंदी के दौरान बचा सकता है। म्यूचुअल फंड या शेयर, दोनों में निवेश करते वक्त डाइवर्सिफिकेशन की रणनीति अपनाई जानी चाहिए।

दूसरा, आपको सेक्टर पार निवेश पर सीमा तय करनी चाहिए और लार्ज कैप तथा मिड कैप शेयरों में कितना पैसा लगाया जाता है, यह निर्णय लेते वक्त संतुलन कायम करना काफी जरूरी है। अगर कोई व्यक्ति नियमित रूप से शेयरों पर निगाह रखने में नाकाम रहता है तो उसे ऐसा पोर्टफोलियो तैयार करना चाहिए, जिसमें केवल म्यूचुअल फंड शामिल हों या फिर पोर्टफोलियो

मैनेजमेंट सर्विसेज का फायदा भी उठाया जा सकता है। इससे निवेशक पूँजी वापस हासिल कर सकता है और मुनाफा ज्यादा रफ्तार से बनाया जा सकता है।

सिस्टेमैटिक प्लान है लंबी अवधि की रणनीति

जानकारों की सलाह है कि इंडेक्स में गिरावट के वक्त सिस्टेमैटिक इन्वेस्टमेंट प्लान यानी एस.आई.पी. में निवेश रोकना एक ऐसी गलती है, जिससे निवेशकों को जरूर बचना चाहिए। बाजार लुढ़कने के दौरान आपको पोर्टफोलियो के किसी एक शेयर या सेक्टर की ओर झुके होने से जुड़ी गलती में सुधार करना चाहिए और इस दौरान नियमित रूप से निवेश जारी रखना चाहिए। अगर निवेशक लंबी अवधि की रणनीति के तहत डायवर्सिफाइड और व्यवस्थित निवेश का तरीका अपनाते हैं तो बाजार में गिरावट के बावजूद वे फायदा बटोरने में कामयाब होंगे। □

17

थोड़ा-थोड़ा निवेश करके बनाएँ बड़ी रकम

बूँद-बूँद से घट भरे

इक्विटी यानी शेयरों में किए जानेवाले निवेश को हमारे यहाँ आज भी आशंका भरी नजरों से देखा जाता है। यदि हकीकत में आपको एक बड़ी पूँजी बनानी है तो शेयर बाजार से बेहतर रास्ता कोई नहीं हो सकता। इक्विटी में लंबे समय तक सावधानी से किया गया छोटा निवेश भी हर हाल में एक बड़ी रकम बन जाता है। आमतौर पर लोग सोचते हैं कि शेयरों में निवेश के लिए एक बड़ी रकम की जरूरत होती है। पर ऐसा पूरी तरह सच नहीं है। एक निश्चित रकम को अगर किसी तय अवधि तक बाजार में लगाया जाए तो इसके जरिए एक बड़ी रकम हासिल की जा सकती है।

कैसे बनाएँ पूँजी

थोड़े-थोड़े पैसे को शेयर बाजार में निवेश करके एक बड़ी रकम बनाना बहुत मुश्किल भी नहीं है। मान लीजिए, आप 40 हजार रुपए महीना कमाते हैं। आप अपनी कुल आमदनी का 10 फीसदी निवेश कर सकते हैं। आप अपने पैसे को 30-35 साल तक निवेश कर सकते हैं। ऐसी स्थिति में आपके रिटायरमेंट तक आपके पास एक बड़ी रकम उपलब्ध होगी। अगर आप 25 साल के हैं और 60 साल में रिटायर होना चाहते हैं, साथ ही परिवार के 3-4 सदस्य आप पर आश्रित हैं और आपका मासिक खर्च करीब 25 हजार रुपए

है। इन हालातों में अगर आप इक्विटी में निवेश करके एक बड़ी रकम बनाना चाहते हैं तो इसके लिए आपको एक बेहतरीन प्लान पर काम करना होगा।

निवेश की योजना बनाएँ

अपने रिटायरमेंट के लिए आपको पैसा इकट्ठा करना है। चूँकि आपकी उम्र अभी बहुत ज्यादा नहीं है, इसलिए आप इक्विटी में निवेश कर सकते हैं। मान लेते हैं कि आप 5 हजार रुपए प्रतिमाह डायवर्सिफाइड इक्विटी म्यूचुअल फंड में लगा सकते हैं। ये निवेश आप रिटायरमेंट की उम्र् तक कर सकते हैं। हालाँकि इसमें बाद में बदलाव भी कर सकते हैं। पर मान लेते हैं कि आप ये पैसा रिटायरमेंट तक इसी फंड में लगाते रहेंगे। चूँकि आप 35 वर्ष के लिए निवेश कर रहे हैं, इसलिए इस निवेश में जोखिम बेहद कम है। भले ही यह निवेश इक्विटी में किया जा रहा है, पर जोखिम वहाँ कम ही माना जाएगा। शेयर बाजार में बहुत ज्यादा जोखिम शॉर्ट टर्म निवेश पर ही होता है। 35 वर्ष जैसी लंबी अवधि के लिए तो यह बिलकुल भी रिस्की नहीं है। इसमें तो आप बहुत ही आकर्षक प्रतिफल हासिल कर सकते हैं। यदि सेंसेक्स को ही लें तो पिछले 30 वर्ष में यानी वर्ष 1979 से 2009 तक इसने 15 से 17 फीसदी तक प्रतिफल दिया है। ऐसे में अगर दीर्घावधि के लिए निवेश कर रहे हैं तो कम-से-कम 15 फीसदी प्रतिफल तो आप सुरक्षित मान सकते हैं। अब मूल बात पर आते हैं। निवेशकों को शुरुआती सालों में इतनी रकम का निवेश करने में परेशानी आ सकती है। बाद में उनकी जिम्मेदारियाँ बढ़ती चली जाएँगी, लेकिन कैरियर आगे बढ़ने के साथ-साथ तनख्वाह भी बढ़ेगी और 5 हजार रुपए मासिक निवेश ज्यादा कठिन नहीं होगा।

कितना होगा निवेश?

आप हर महीने 5 हजार रुपए निवेश कर सकते हैं। इसका मतलब यह हुआ कि आप साल में 60 हजार रुपए इक्विटी में लगाएँगे। आपको चूँक 35 साल तक निवेश करना है, इसका मतलब यह हुआ कि आप

35 साल में 21 लाख रुपए जमा करेंगे। मान लेते हैं कि इस पर आपको औसत प्रतिफल 15 फीसदी हासिल होगा। इस तरह आपको 3 लाख रुपए और मिल जाएँगे। इस तरह आपको कुल प्रतिफल 24 लाख रुपए मिल जाएगा। अब अगर इस ब्याज दर को जोड़कर प्रतिफल निकालें तो 15 फीसदी की दर से यह रकम भी करीब 24 लाख रुपए बनती है। मान लेते हैं कि आपको कुल 50 लाख रुपए मिल जाएँगे। यह आकलन सिर्फ साधारण ब्याज दर के आधार पर निकाला गया है। आमतौर पर लोग इसी तरह सोचते हैं, पर ऐसा होता नहीं है। इसमें वार्षिक चक्रवद्धि ब्याज वाला फॉर्मूला नहीं अपनाया गया है, बल्कि एक साधारण गणना है, जो कोई भी कर सकता है।

चक्रवृद्धि ब्याज दर का चमत्कार

पर ब्याज की गणना ऐसे होती नहीं है। चक्रवृद्धि ब्याज दर के आधार पर आकलन करने पर आपकी रकम करोड़ों में बदल जाएगी। सही-सही गणना के मुताबिक उसके पास करीब 7.43 करोड़ रुपए होंगे। आप सोच रहे होंगे कि इतनी बड़ी रकम कैसे संभव है! यह चक्रवृद्धि ब्याज दर का चमत्कार है। ब्याज पर ब्याज मिलता है और यह बढ़ता रहता है। शुरुआत में ब्याज बहुत कम दिखता है, लेकिन समय के साथ यह राशि बढ़ती रहती है और 35 साल जैसी बड़ी अवधि के बाद तो यह राशि आपको अविश्वसनीय-सी लगेगी। क्या आप विश्वास करेंगे कि 5 हजार रुपए निवेश करने पर आपको 35 साल बाद 1 करोड़ रुपए के लगभग तो केवल ब्याज के मिलेंगे, जो आपकी निवेश की गई मूल रकम से भी चार गुना है। यह सब चक्रवृद्धि ब्याज का कमाल है। इसीलिए तो महान् वैज्ञानिक अल्बर्ट आइंस्टीन ने चक्रवृद्धि ब्याज को विश्व का आठवाँ अजूबा करार दिया था।

10 साल बाद करें ऐश

यदि आप 35 साल जितनी लंबी अवधि तक निवेश का दर्द सहन नहीं कर सकते तो कोई बात नहीं। आप 10 साल तक निवेश कर मुक्ति

पाइए। 5 हजार रुपए प्रतिमाह 10 साल तक निवेश करने के बाद बाकी 25 साल तक वह रकम चक्रवृद्धि ब्याज दर से बढ़ती हुई एक बड़ी रकम बन जाएगी। ऐसे में आपके पास 2.12 करोड़ रुपए ही होंगे, यानी आपको पहले के मुकाबले 5.88 करोड़ रुपए कम मिलेंगे। एक उपाय है, यदि आप चाहते हैं कि केवल 10 साल तक निवेश करके भी आपको 35 साल बाद जितने 7.43 करोड़ रुपए ही मिलें तो मासिक निवेश आपको थोड़ा बढ़ाना पड़ेगा। आपको हर महीने 1,420 रुपए ज्यादा निवेश करना होगा। यानी 6,420 रुपए मासिक निवेश 10 साल तक कीजिए और अगले 25 साल तक उसे बढ़ने के लिए छोड़ दीजिए। तब आपका धन 7.43 करोड़ रुपए हो जाएगा।

पहले जितना बोझ, बाद में उतना आराम

इससे आपको एक बात तो समझ में आ गई होगी कि पहले वर्षों में निवेश में जितना कष्ट सहन करेंगे, बाद में उतना ही फायदा होगा। कैरियर के शुरुआती वर्षों में व्यक्ति ज्यादा निवेश करने की स्थिति में भी होता है, क्योंकि तब जिम्मेदारियाँ कम होती हैं और निर्भर सदस्य भी कम होते हैं। यदि कोई 10 साल के लिए थोड़ी तकलीफ उठाकर 1,420 रुपए मासिक ज्यादा निवेश करता है तो निवेश के 25 साल भी बचा लेता है और उतनी ही रकम भी बना लेता है। यदि आप सोचते हैं कि निवेश का यह मौका तो 5, 10 या 20 साल पहले था तो चिंता मत कीजिए। अब भी मौका है!

□

18

इक्विटी में निवेश का आसान जरिया है म्यूचुअल फंड

जिन निवेशकों के पास बाजार की चाल पर लगातार निगाह रखने का वक्त और दिलचस्पी नहीं है, उनके लिए सीधे शेयरों में निवेश करना खतरनाक साबित हो सकता है। इक्विटी पोर्टफोलियो पर लगातार नजर बनाए रखने की जरूरत होती है, नहीं तो ढीले शेयरों से सही वक्त पर बाहर निकलने और सही शेयरों में दाखिल होने का मौका हाथ से निकल सकता है।

ऐसे निवेशकों के लिए म्यूचुअल फंड के जरिए इक्विटी में निवेश करना ज्यादा बेहतर रणनीति साबित हो सकता है। म्यूचुअल फंड के मामले में शेयरों के संचालन की जिम्मेदारी फंड मैनेजर के कंधे पर डाल दी जाती है, लेकिन पोर्टफोलियो के लिए सही फंडों का चुनाव निवेशक की ही समस्या होती है। जोखिम सहने की क्षमता के आधार पर सही फंड का चुनाव निवेश के लिए तय अवधि और रिटर्न की उम्मीद काफी महत्त्वपूर्ण है।

म्यूचुअल फंड में निवेश का तरीका बाजारों की प्रकृति के आधार पर भी अहमियत रखता है। म्यूचुअल फंड में एकमुश्त रकम लगाई जा सकती है या फिर सिस्टेमेटिक इन्वेस्टमेंट रूट का इस्तेमाल किया जा सकता है।

म्यूचुअल फंड का पोर्टफोलियो

अच्छे रिटर्न के लिए इक्विटी डायवर्सिफाई म्यूचुअल फंड अच्छा विकल्प है। आप ऐसे फंड का चुनाव भी कर सकते हैं जिसके पोर्टफोलियो में लार्जकैप इक्विटी की ओर ज्यादा झुका नहीं होना चाहिए और न ही ऐसे सेक्टर फंड पर केंद्रित होना चाहिए, जिनमें अधिक मुनाफे के साथ उतार-चढ़ाव भी ज्यादा होता है। उन्हें निश्चित रूप से मिडकैप और स्मॉल फंड में पैसा लगाना चाहिए। हालाँकि निवेश का अनुपात क्या और किस तरह होगा, यह निवेशक की जोखिम सहने की क्षमता पर निर्भर करता है।

बहुत सी अन्य बातों को भी देखना जरूरी है, जैसे कि क्या फंड ग्रोथ में विशेषज्ञता रखता है या वैल्यू में। बाजार में अलग-अलग कैप फंड के बारे में जानना एक अच्छा तरीका है। इससे आपको यह पता चलेगा कि कौन सा फंड आपके पोर्टफोलियो और निवेश की शैली के लिहाज से बेहतर है।

□

19

म्यूचुअल फंड में जोखिम घटाने का तरीके

म्यूचुअल फंड में निवेश आमतौर पर निवेश का सुरक्षित माध्यम बताया जाता है। ऐसा इसलिए है, क्योंकि इनके प्रबंधन का जिम्मा विशेषज्ञ लोग बड़े ही पेशेवर तरीके से सँभालते हैं। लेकिन क्या इसका यह मतलब है कि म्यूचुअल फंड में कतई जोखिम नहीं होता? जी नहीं, ऐसा नहीं है। आइए, इनसे जुड़े तरह-तरह के खतरों व जोखिमों को समझें तथा इन्हें कम करने के तरीके और रणनीतियों से वाकिफ हों।

फंड का ढीला प्रदर्शन

आमतौर पर निवेशकों को उम्मीद रहती है कि उनकी ओर से चुना गया फंड बेंचमार्क के समान रफ्तार दिखाए, अगर वह इससे बेहतर साबित नहीं हो सकता। हालाँकि कई मामलों में फंड बेंचमार्क की गति से पिछड़ जाते हैं और निवेशकों की उम्मीदें बिखर जाती हैं। ऐसा इसलिए है, क्योंकि सभी फंड बेंचमार्क इंडेक्स को पटखनी देने में कामयाब साबित नहीं होते। यही वजह है कि इंडेक्स से हलका प्रदर्शन करने की संभावना वास्तविक होती है।

बाजार के जोखिम

म्यूचुअल फंड निवेश बाजार के जोखिम में जुड़ा होता है और इस बात की कोई गारंटी या आश्वासन नहीं होता कि फंड का उद्देश्य हासिल हो

जाएगा। शेयर, फंड या बॉण्ड फंड की कीमत में छोटी अवधि या लंबी मियाद में भी आनेवाली गिरावट बाजार से जुड़े जोखिम का नतीजा होती है। शेयर बाजार चक्रीय गति से चलते हैं। दो तरह की अवधि सामने आती है। एक वक्त में बाजार में तेज रफ्तार दर्ज की जा सकती है और दूसरे पल में इसमें गिरावट के दर्शन हो सकते हैं। अतीत का बेहतर प्रदर्शन इस बात की कोई गारंटी नहीं दे सकता कि भविष्य में भी इस फंड की चाल बढ़िया रहेगी और निवेशकों को उम्मीद के मुताबिक मुनाफा मिलेगा।

जरूरत से ज्यादा डायवर्सिफिकेशन

जरूरत से ज्यादा डायवर्सिफिकेशन की स्थिति उस वक्त सामने आ सकती है, जब दो या उससे ज्यादा निवेश एक-दूसरे को ओवरलैप करते हैं। एक बढ़िया डायवर्सिफिकेशन वाले पोर्टफोलियो में ऐसी एसेट क्लास शामिल होती है, जो ज्यादा गहरा रिश्ता नहीं रखती और इसीलिए उन्हें अनुपूरक समझा जाता है। अलग-अलग सेक्टर में अपने निवेश का दायरा फैलाने से दो निवेश के बीच करीबी संबंध बनने से रोकने में मदद मिलेगी और साथ ही कीमतों में उथल-पुथल का जोखिम भी काफी हद तक कम रह जाएगा। ऐसा इसलिए है, क्योंकि सभी उद्योग या सेक्टर एक ही वक्त पर एक साथ ऊपर या नीचे नहीं चलते। जरूरत से ज्यादा डायवर्सिफिकेशन या निवेश को भेदभावपूर्ण तरीके से विस्तारित बनाने से ज्यादा मदद नहीं होगी। हाँ, यह नुकसान की वजह जरूर बन सकता है।

खर्च

भले कोई फंड मुनाफा देने में नाकाम साबित हो, लेकिन निवेशक को फीस और दूसरे शुल्क चुकाने ही होते हैं। म्यूचुअल फंड निवेशकों को कई तरह के शुल्कों का भुगतान करना होता है, जो एक साथ पैकेज में आते हैं। यह फीस फंड हाउस मार्केटिंग, डिस्ट्रीब्यूशन, प्रोसेसिंग, एसेट मैनेजमेंट खर्च और दूसरे प्रशासनिक व्यय से निपटने के लिए इस्तेमाल करते हैं।

हालाँकि निवेशकों के लिए सेबी ने एक खुशखबरी दी है कि किसी भी तरह की म्यूचुअल फंड खरीद पर कोई एंट्री कोड नहीं लगाया जाएगा।

निवेश के चलन में बदलाव

पोर्टफोलियो इन्वेस्टमेंट मैनेजर को वक्त और हालात के साथ अपनी रणनीति में बदलाव करने होते हैं। इस मोरचे पर म्यूचुअल फंड अपने निवेश के उद्देश्य और स्टाइल से अलग राह पकड़ता है। ऐसा आमतौर पर तब होता है जब फंड मैनेजर अलग-अलग रणनीतियों के साथ प्रदर्शन में सुधार के लिए प्रयोग करता है। नतीजा यह होता है कि फंड का जोखिम-रिटर्न अनुपात गड़बड़ा जाता है।

प्रबंधक का जोखिम

जब कोई इन्वेस्टमेंट मैनेजर अपने पोर्टफोलियो को प्रभावी रूप से नहीं सँभाल पाता तो फंड अपने उद्देश्यों तक पहुँचने में नाकाम साबित हो सकता है। इसके अलावा फंड मैनेजर की रणनीति बदलने से निवेश का स्टाइल भी बदल सकता है।

उद्योग का जोखिम

उद्योग का जोखिम किसी एक उद्योग या सेक्टर के शेयरों के समूह में पैदा होता है। ऐसे में उद्योग से जुड़ी स्थिति बदलने पर मुश्किल हो सकती है।

□

20

डेट में निवेश के विकल्प

ब्याज दरों का नीचे आना कर्जदारों के लिए खुशी की बात होती है। दूसरी ओर जोखिम से बचने के लिए डेट बाजार में धन लगानेवाले निवेशकों को इससे नुकसान होता हैं। डेट निवेशकों के लिए घटती ब्याज दरें ही एकमात्र जोखिम नहीं है। डेट को निवेश के अन्य इंस्ट्रूमेंट की तुलना में भले ही सुरक्षित माना जाता है, लेकिन इसके साथ भी कुछ जोखिम जुड़े हैं। निवेशकों को डेट में धन लगाने से पहले जोखिम, रिटर्न और तरलता जैसे पहलुओं पर ध्यान देना चाहिए। डेट में निवेश के विकल्प इस प्रकार हैं—

नॉन-कन्वर्टिबल डिबेंचर

पिछले कुछ समय से बाजार में नॉन-कन्वर्टिबल डिबेंचर (एन.सी.डी.) के बहुत से इश्यू आए हैं। इनमें अच्छे रिटर्न की पेशकश की जा रही है। लेकिन डेट के अन्य लोकप्रिय इंस्ट्रूमेंट की तुलना में इसमें जोखिम भी अधिक है। इसकी वजह यह है कि बड़ी कंपनियाँ थोक बाजार से सस्ती दरों पर फंड जुटाने में कामयाब रहती हैं, लेकिन इनके लिए छोटे निवेशकों से धन जुटाना एक महँगा विकल्प होता है। एन.सी.डी. के जरिए बाजार से धन उगाहनेवाली ज्यादातर कंपनियाँ मध्यम आकार की होती हैं। आमतौर पर एन.सी.डी. के लिए रिडेंपशन अवधि 5 से 10 वर्ष की होती है। इसमें

ब्याज दर एन.सी.डी. जारी करनेवाली कंपनी की क्रेडिट रेटिंग पर निर्भर करती है। ब्याज का भुगतान आमतौर पर तिमाही या छमाही आधार पर किया जाता है और इस पर कर चुकाना होता है। एक निवेशक के तौर पर आपको सबसे पहले एन.सी.डी. की रेटिंग देखनी चाहिए। रेटिंग एन.सी.डी. के प्रॉस्पेक्ट्स में मौजूद होती है। ए.ए.ए. रेटिंग सबसे सुरक्षित होती है। रेटिंग के आधार की जानकारी भी अकसर दी जाती है।

कंपनी डिपॉजिट

इसमें भी सुरक्षा और रिटर्न रेटिंग पर निर्भर करता है। कंपनी डिपॉजिट और बैंक की सावधि जमा योजनाएँ लगभग एक जैसी होती हैं। शीर्ष रेटिंग वाली कंपनियों की तीन वर्ष की फिक्स्ड डिपॉजिट स्कीम में अभी 10-11 फीसदी के रिटर्न की पेशकश की जा रही है, जबकि इसी अवधि के लिए बैंक 8-9 फीसदी का ब्याज दे रहे हैं। निवेशकों को उन कंपनियों से बचना चाहिए, जिनका डिविडेंड देने का पिछला रिकॉर्ड अच्छा नहीं है। इसके अलावा ऐसी कंपनियों में भी अधिक जोखिम होता है, जिनकी कमान प्रमोटरों की पहली पीढ़ी के पास होती है। सुरक्षा के मामले में कंपनी डिपॉजिट के मुकाबले एन.सी.डी. को बेहतर माना जाता है। इसके अलावा कंपनी डिपॉजिट बैंक की सावधि जमा योजनाओं के मुकाबले भी कम सुरक्षित माने जाते हैं। बैंक की 1 लाख रुपए तक की सावधि जमा योजना को डिपॉजिट इंश्योरेंस एंड क्रेडिट गारंटी कॉरपोरेशन (डी.आई.सी.जी.सी.) के तहत सुरक्षा मिलती है। एच.डी.एफ.सी., एल.आई.सी. हाउसिंग फाइनेंस, हुडको और आई.सी.आई.सी.आई. होम फाइनेंस जैसी कंपनियाँ फिक्स्ड डिपॉजिट स्कीम के जरिए नियमित तौर पर धन जुटाती रहती हैं।

छोटी बचत योजनाएँ

ये सरकारी योजनाएँ होती हैं और इन्हें निवेश के सभी विकल्पों में सबसे सुरक्षित माना जाता है। इनमें कर लाभ भी मिलता है, लेकिन इनमें ज्यादा तरलता नहीं होती। छोटी बचत योजनाओं में पब्लिक प्रॉविडेंट फंड (पी.पी.एफ.) सबसे लोकप्रिय इंस्ट्रूमेंट है। इसमें 8 फीसदी का ब्याज मिलता है और ब्याज की गणना वार्षिक चक्रवृद्धि आधार पर होती है। इस दर में सरकार बदलाव भी कर सकती है। पी.पी.एफ. में निवेश की अवधि 15 वर्ष की होती है। अगर आप प्रतिवर्ष इसमें 10 हजार रुपए का निवेश करते हैं तो मौजूदा ब्याज दर के आधार पर आपको मैच्योरिटी के समय 2.93 लाख रुपए की रकम मिलेगी। आयकर कानून की धारा 80-सी के तहत पी.पी.एफ. में मैच्योरिटी पर मिलनेवाली धनराशि कर-मुक्त होती है।

राष्ट्रीय बचत प्रमाण-पत्र (एन.एस.पी.) में 8 फीसदी का कर-पूर्व रिटर्न मिलता है। ब्याज की गणना छमाही चक्रवृद्धि आधार पर होती है। अगर आप एन.एस.सी. में 1 हजार रुपए का निवेश करते हैं तो आपकी रकम 6 वर्ष बाद मैच्योरटी के समय 1,601 रुपए हो जाती है। निवेशक अपने पोर्टफोलियो में एन.एस.सी. और पी.पी.एफ. दोनों को शामिल कर सकते हैं। पी.पी.एफ. की ब्याज दर नियमित अंतराल पर संशोधित होती है, लेकिन एन.एस.सी. में छह वर्ष के लिए ब्याज दर समान रहती है।

इन दोनों विकल्पों में एक नुकसान ऑफ-इन अवधि का है। अगर आपका धन लंबी अवधि के लिए लॉक होता है तो आप बाजार में मौजूद अवसरों का फायदा नहीं उठा सकते। अगर इक्विटी बाजार शानदार रिटर्न देने लगता है तो आप उसमें निवेश का मौका चूक सकते हैं।

लिक्विड फंड

जैसाकि नाम से पता चलता है कि लिक्विड फंड तरलता के मामले

में सभी डेट इंस्ट्रूमेंट में सबसे बेहतर होते हैं। लिक्विड या लिक्विड फंड प्लस फंडों में लॉक-इन अवधि बहुत कम होती है। इनमें 6-7 फीसदी के बीच रिटर्न मिलता है और इन्हें 24 घंटे के अंदर भुनाया जा सकता है। ये बचत खाते की तरह तरलता रखते हैं। इन दोनों फंडों में बड़ा अंतर डिविडेंड डिस्ट्रीब्यूशन टैक्स (डी.डी.टी.) का है।

लिक्विड फंड पर 27 फीसदी का डी.डी.टी. (सरचार्ज सहित) लगता है, जबकि लिक्विड प्लस फंड पर 15 फीसदी का डी.डी.टी. लगता है। अगर निवेशक बड़ी रकम लगाना चाहते हैं तो लिक्विड प्लस फंड उनके लिए ज्यादा बेहतर रहेंगे। इनमें जोखिम भी है। अगर बाजार में अनिश्चितता बहुत अधिक होती है तो ऐसा मुमकिन है कि निवेशक को कोई रिटर्न न मिले और उसे अपनी पूँजी का कुछ नुकसान भी उठाना पड़े। □

21

जोखिम तो है, फिर भी एफ.एम.पी. फायदे का सौदा

प्रत्येक वर्ष वित्तीय वर्ष की आखिरी तिमाही में परिसंपत्ति प्रबंधन कंपनियाँ फिक्स्ड मैच्यूरिटी प्लान (एफ.एम.पी.) की एक सीरीज लॉन्च करती हैं। ये नियतकालिक इन्कम योजनाएँ हैं, जिनकी परिपक्वता की एक निर्धारित तिथि होती है, जिसे ये एक निश्चित अवधि के लिए ही तय करते हैं। यह अवधि 15 दिनों से लेकर 2 वर्षों तक के लिए हो सकती है या इससे ज्यादा भी हो सकती है।

आमतौर पर सर्टिफिकेट ऑफ डिपॉजिट (सी.डी.), कॉरपोरेट बॉण्ड, मुद्रा बाजार के उपकरण में एफ.एम.पी. निवेश करती है। अगर एक एफ.एम.पी. 13 महीनों की स्कीम है तो यह 13 महीने के बॉण्ड में निवेश करेगी। इसी वजह से एक एफ.एम.पी. में कोई ब्याज दर जोखिम नहीं होता। इसका मतलब यह है कि अगर कॉरपोरेट बॉण्ड पर ब्याज दरों में उछाल आती है तो आपके निवेश की वैल्यू कम नहीं होगी।

सुरक्षित लेकिन

यह समझना जरूरी है कि एफ.एम.पी. सावधि जमा (फिक्स्ड डिपॉजिट, एफ.डी.) से अलग होता है। एफ.डी. बेहद सुरक्षित होता है। लेकिन अगर बैंक दिवालिया हो गया है, तब आपका एफ.डी. जोखिम में पड़ सकता है। हालाँकि बेहतर पूँजी आधारवाले बैंकों के दिवालिया होने का खतरा बेहद

कम होता है। भारत में दिवालिया बैंकों का अधिग्रहण एक बड़ा बैंक कर लेता है।

दूसरी ओर एफ.एम.पी. में साख से जुड़ा जोखिम ज्यादा होता है, क्योंकि परिपक्वता का भुगतान योजना में अंतर्निहित निवेश पर निर्भर करता है। इसी वजह से यह जरूरी है कि निवेश करने से पहले किसी योजना पर गौर किया जाए। यह सुनिश्चित करना जरूरी है कि कॉरपोरेट बॉण्ड, जो योजना का हिस्सा है, उसकी रेटिंग ए.ए.ए. या ए.ए. है।

वैसे ऐसी एफ.एम.पी. को नजरअंदाज करें, जो ज्यादा कमाई देने के चक्कर में पोर्टफोलियो की गुणवत्ता पर ध्यान नहीं देती। वर्ष 2008 की मंदी के बाद भारतीय प्रतिभूति एवं विनिमय बोर्ड (सेबी) ने म्यूचुअल फंडों को निवेश और पोर्टफोलियो पर कमाई का खुलासा नहीं करने को कहा।

अब फंड कंपनियाँ भी पोर्टफोलियो और बॉण्ड कमाई को लेकर काफी चौकस हो रही हैं। गौर करनेवाली बात यह है कि आर्थिक संकट के दौरान कोई एफ.एम.पी. डिफॉल्टर साबित नहीं हुआ। सभी ने वादे के मुताबिक ही ब्याज दर का भुगतान किया।

कर का फायदा

वर्ष 2008 में एफ.एम.पी. की कर पूर्व कमाई 10–11 फीसदी होती थी, वहीं इस वक्त यह कमाई हर साल 7–7.5 फीसदी तक है। एफ.एम.पी., जो केवल बैंक की सी.डी. में निवेश करती है, वे सालाना 6.8 फीसदी रिटर्न देती है।

जब हम एफ.डी. की तुलना इससे करते हैं तो एफ.एम.पी. में सबसे बड़ा फायदा इसके टैक्स ऑर्बिट्रेज से है, जिसमें लागू टैक्स स्लैब के हिसाब से ही कर लगाया जाता है। अगर आप ज्यादा कर वाली श्रेणी में हैं तो आप एक बॉण्ड पर 30.9 फीसदी कर का भुगतान करते हैं, जो 8 फीसदी देता है।

इसका मतलब यह है कि एक बॉण्ड 8 फीसदी कर पूर्व रिटर्न देता है, जो कर के बाद 5.5 फीसदी रिटर्न हो जाएगा। वैसे तो इसका रिटर्न बेहतर

लगता है, लेकिन वास्तविक रिटर्न, मुद्रास्फीति और महँगाई के बाद इसमें पूँजी की कमी दिख सकती है। इसी वजह से इनमें निवेश जरूर होना चाहिए; लेकिन अधिकतम वास्तविक रिटर्न या मुद्रास्फीति कर के बाद रिटर्न पर जोर होना चाहिए।

इसलिए डेट निवेश का विकल्प चुनें, जो कर-मुक्त होते हैं या कर का फायदा देते हैं। अगर कोई ऊँचे कर के दायरे में हैं तो तरजीही टैक्स की वजह से एफ.डी. के मुकाबले एफ.एप.पी. की रिटर्न में 1.5-2 फीसदी तक की तेजी आती है। म्यूचुअल फंड स्कीम होने की वजह से यह आपको लाभांश या पूँजीगत फायदे के रूप में आय देती है।

इसी वजह से ऊँची दर की आय कर की तुलना में लाभांश और पूँजीगत लाभ पर कर बेहद कम है। हालाँकि आपको ग्रोथ ऑप्शन और डिविडेंड ऑप्शन में से भी एक को चुनना होगा। अगर आप एफ.एम.पी. में निवेश कर रहे हैं, जिसकी अवधि 12 महीने से भी कम है तो आप डिविडेंड ऑप्शन पर विचार कर सकते हैं।

वहीं ग्रोथ ऑप्शन में कुछ अवधि का पूँजीगत लाभ बहुत ज्यादा है और यह किसी भी टैक्स ऑर्बिट्रेज को खत्म कर देता है। अगर आप 12 महीने से ज्यादा अवधि की किसी योजना को चुन रहे हैं तो आप ग्रोथ ऑप्शन को चुनें। ग्रोथ ऑप्शन में भी इंडेक्सेशन विकल्प का चुनाव करना कर बचत की दृष्टि से बेहतर होता है।

□

22

म्यूचुअल फंड आँकने का पैमाना?

निवेशक और फंड मैनेजर दोनों म्यूचुअल फंड के प्रदर्शन पर करीबी निगाह रखते हैं। निवेशक निवेश से जुड़े फैसले करने की खातिर सूचना और जानकारी के इंतजार में रहते हैं। जबकि फंड मैनेजर का मेहनताना आमतौर पर इसी से जुड़ा होता है। फंड से मिलनेवाला रिटर्न अकेला सारी कहानी कहने में नाकाम रहता है; लेकिन वैकल्पिक निवेशकों के बीच तुलना ज्यादा अर्थपूर्ण होती है। इसलिए बेंचमार्क का चुनाव खासी अहमियत रखता है। निवेश में कुल कितना रिटर्न मिलेगा, जोखिम से जुड़ा प्रदर्शन निवेशकों के लिए इससे ज्यादा महत्त्वपूर्ण होता है। कुछ निवेशक ऐसे होते हैं, जो कम निवेश मिलने पर ज्यादा दिक्कत महसूस नहीं करते। लेकिन वे चाहते हैं कि निवेश के साथ कम जोखिम जुड़ा हो।

म्यूचुअल फंड के प्रदर्शन को आँकने के दो रास्ते हैं—

शार्प रेशियो

शार्प रेशियो जोखिम के समायोजन के बाद सामने आनेवाले प्रदर्शन को मापने का रास्ता है। यह जोखिमपूर्ण एसेट की अतिरिक्त उथल-पुथल के लिए निवेश से मिलनेवाले अतिरिक्त रिटर्न को आँकने का काम करता है। फर्ज कीजिए कि एक्स निवेश 12 फीसदी रिटर्न देता है, जबकि दूसरा वाई निवेश 10 फीसदी मुनाफे का इंतजाम करता है। इनमें से कौन सा बेहतर प्रदर्शन करनेवाला खिलाड़ी है? 12 फीसदी का एक्स से मिलनेवाला

निवेश पहली नजर में आकर्षक मालूम होता है, लेकिन आपको इन दोनों निवेशों के साथ जुड़े लाभ की गणना करना जरूरी है। मान लीजिए कि एक्स के मामले में निवेश जोखिमपूर्ण है, वाई निवेश मुक्त मुनाफा देता है। ऐसा होने पर वाई ज्यादा बेहतर रिस्क एडजस्टेड रिटर्न देगा। एक्स से मिलने वाला रिटर्न उसके साथ जुड़े जोखिम के अनुपात में नहीं है।

शार्प रेशियो म्यूचुअल फंड या पोर्टफोलियो से मिलनेवाले रिटर्न में जोखिम मुक्त संपत्ति से मिलनेवाले मुनाफे को घटाने और उसके बाद उसे स्कीम के स्टैंडर्ड डेविएशन से घटाने पर सामने आता है। म्यूचुअल फंड स्कीम से मिलनेवाले रिटर्न में से जोखिम-मुक्त एसेट का रिटर्न घटाने में हमें जोखिम-मुक्त एसेट की तुलना में स्कीम की ओर से बटोरा गया अतिरिक्त रिटर्न पता चलता है।

इस अतिरिक्त रिटर्न को संपत्ति के स्टैंडर्ड डेविएशन से भाग कर शार्प रेशियो या उसके साथ जुड़ी अतिरिक्त उठा-पटक के लिए अतिरिक्त रिटर्न तय किया जा सकता है। स्टैंडर्ड डेविएशन शेयर की उठा-पटक को मापता है। शेयर का रिटर्न शेयर के औसत रिटर्न से जितना अलग होगा, उसमें उतनी ज्यादा उथल-पुथल दर्ज की जाएगी। ज्यादा शार्प अनुपात रखनेवाली एसेट उसी जोखिम के साथ तुलनात्मक रूप से ज्यादा रिटर्न देने का काम करती है।

एम स्क्वेयर

क्या आपका निवेश जोखिम के हिसाब से आपको रिटर्न मुहैया करा रहा है? फंड के जोखिम समायोजन के बाद सामने आनेवाले प्रदर्शन पर गौर किए बगैर शेयर बाजार में डुबकी लगाना नासमझी करार दी जाती है। मोडिग्लियानी या एम. स्क्वेयर रिटर्न एक काल्पनिक रिटर्न होता है। किसी निवेशक को एक विशेष अवधि में उस वक्त मिलता है, जब फंड से जुड़े जोखिम को बेंचमार्क के साथ एडजस्ट किया जाता है। यह फंड से मिलनेवाले उस रिटर्न का अंदाजा लगाता है, जो निवेशक को बाजार इंडेक्स

के बराबर जोखिम रखने की सूरत में उससे हासिल होता। हालाँकि उस वक्त नतीजे भ्रामक हो सकते हैं, अगर म्यूचुअल फंड निवेश की स्टाइल पर रणनीति बदल लेता है। इसके अलावा, फंड स्कीम से मिलनेवाला मुनाफा भविष्य में बरकरार रह पाएगा या नहीं, इस पर संदेह के बादल कायम रहते हैं। शार्प रेशियो या मोडीग्लियानी गणना निवेशकों को महत्त्वपूर्ण जानकारी मुहैया कराती है। हालाँकि अपने फैसले को अकेले फंड के प्रदर्शन पर आधारित मत बनाइए।

□

23

कैसे चुनें बेहतरीन म्यूचुअल फंड?

निवेश के लिहाज से बेहतरीन म्यूचुअल फंड योजनाओं का चयन एक महत्त्वपूर्ण कदम है। यह केवल महत्त्वपूर्ण नहीं, बल्कि खास भी है। यदि आपने लंबी अवधि के बड़े वित्तीय लक्ष्य बनाए हैं, केवल तभी म्यूचुअल फंड का चुनाव आपके लिए मायने रखता है। अगर आप कम समय के लिए निवेश कर रहे हैं–मान लीजिए, आप एक लिक्विड फंड में निवेश कर रहे हैं तो यह मायने नहीं रखता कि आप किस लिक्विड फंड में निवेश कर रहे हैं। दो अलग-अलग लिक्विड फंड के प्रदर्शन में बहुत अधिक अंतर नहीं होता है। उस लिक्विड फंड का चुनाव करें, जिसका एसेट अंडर मैनेजमेंट (ए.एम.यू.) अधिक हो और फंड को भुनाने की सुविधा फोन व इंटरनेट पर उपलब्ध हो।

हालाँकि अगर आप लंबी अवधि के लिए निवेश की सोच रखते हैं तो इसका अर्थ यह है कि आप 8 से 10 साल तक की समयावधि के लिए निवेश करेंगे। इस स्थिति में आपको इक्विटी म्यूचुअल फंड में निवेश करना चाहिए।

लक्ष्य निर्धारित करें

निवेश के लिए सबसे पहला महत्त्वपूर्ण कदम है–निवेश के लक्ष्य का निर्धारण। बिना इसके अच्छे फंड का चुनाव करना बिलकुल निरर्थक है। आपको अपने निवेश करने के कारणों का भी पता होना चाहिए। जैसे आप

कितनी अवधि के लिए निवेश कर रहे हैं और किस स्थिति में आप अपने निवेश के विकल्पों में बदलाव करेंगे। आपका लक्ष्य स्पष्ट होगा तो आप सही विकल्पों में पूँजी निवेश करेंगे। इसी आधार पर यह निर्णय हो सकेगा कि कितनी राशि इक्विटी फंड में लगाई जाए।

होमवर्क करना जरूरी

आप निवेश करने से पहले होमवर्क कर लें। लार्ज कैप वाले अच्छे डायवर्सिफाइड फंड खरीदें। आप अपने पोर्टफोलियो के मुख्य फंड के तौर पर अपॉरच्यूनिटी फंडों, इंटरनेशनल फंडों और कंट्री फंडों की खरीदारी न करें। भारत में सभी फंड अब नो एंट्री लोड फंड हैं। इसका अर्थ यह हुआ कि इन्हें खरीदने पर शुल्क नहीं लगता। यह अच्छा है और इसका मतलब यह है कि आपके पूरे पैसे का निवेश कर दिया जाता है।

एसेट मैनेजमेंट शुल्क पर रखें पैनी नजर

जैसे ही किसी फंड की अच्छी शुरुआत होती है, वैसे ही उसे भारी संख्या में निवेशकों को अपनी तरफ आकर्षित करना चाहिए। जैसे-जैसे इसकी पूँजी में वृद्धि हो वैसे-वैसे इसके एसेट मैनेजमेंट शुल्कों में कमी की जानी चाहिए। बेहतर प्रबंधित उन फंडों पर नजर डालें, जिनके शुल्क 1.9 प्रतिशत सालाना से कम हैं। बाजार में इस तरह के कई फंड उपलब्ध हैं।

पोर्टफोलियो टर्न ओवर रेशियो महत्त्वपूर्ण

पोर्टफोलियो टर्न ओवर रेशियो पर भी खास नजर रखनी चाहिए। जैसे ही यह अनुपात अधिक होता है, वैसे ही आपके फंड की कुल लागत में भी बढ़ोतरी होती जाती है। जो लागत निवेशकों को दिखाई नहीं देती है, वह है फंड स्कीम द्वारा दिया जानेवाला ब्रोकरेज। यह पोर्टफोलियो के टर्न ओवर पर निर्भर होता है, इसलिए कम टर्न ओवरवाले फंड की कम लागत आती है।

AMC (ए.एम.सी.) टीम की भी खास भूमिका

किसी भी एसेट मैनेजमेंट कंपनी की टीम की भी महत्त्वपूर्ण भूमिका होती है। एक निवेशक के तौर पर आपको उस अनुभवी टीम की तलाश करनी चाहिए, जहाँ प्रबंधक कुछ कारोबारी चक्रों से गुजरे हों। जिन प्रबंधकों ने मंदी के बाजार न देखे हों, वे अदूरदर्शी हो सकते हैं, लेकिन वे प्रबंधक बहुत निराशावादी हो सकते हैं, जिन्होंने लंबे समय तक मंदी का दौर देखा हो। इसलिए आप एक ऐसी टीम की तलाश करें, जिसमें दोनों का मिश्रण हो।

नाम के अनुरूप सच

फंड की असली सच्चाई उसके नाम या उद्देश्य के अनुरूप होनी चाहिए। अगर किसी फंड के बारे में कहा जाता है कि वह लार्ज कैप फंड है तो इसमें केवल इसलिए मिड कैप या स्मॉल कैप की खरीदारी नहीं होनी चाहिए कि लार्ज कैप अभी पसंदीदा नहीं है। लार्ज कैप फंड में निवेश का फैसला आपका है और आपके फंड मैनेजर को इस सच का आदर करना चाहिए।

सोच की समानता

कुछ फंड हाउस दूसरों की तुलना में शांत और संयमित होते हैं। यह आपको देखना है कि किस ए.एम.सी. की सोच आपसे मिलती-जुलती है। उदाहरणस्वरूप, टेंपल्टन का कहना है कि फ्रैंकलिन इंडिया ब्लू चिप एक ग्रोथ ओरिएंटेड लार्ज कैप फंड है, जबकि टेंपल्टन इंडिया ग्रोथ फंड एक वैल्यू ओरिएंटेड फंड है। यह आपको देखना है कि किसकी सोच आपसे मेल खाती है।

कौन कर रहा है फंड का प्रबंधन

किसी फंड का प्रबंधन कला भी है और विज्ञान भी। किसी स्कीम का फंड मैनेजर निश्चित तौर पर अपनी छाप छोड़ता है। हालाँकि कुछ फंड

हाउस उन स्थितियों के लिए टीम और व्यवस्था बनाने में सक्षम रहते हैं कि किसी फंड मैनेजर के जाने के बाद हालात को सँभाला जा सके। यह व्यवस्था आपके दिमाग को सुकून देती है।

बेहतर इंडेक्स फंड का चुनाव

एक बेहतर तरीके से प्रबंधित इंडेक्स फंड को काफी लंबी अवधि के दायरे में पीछे छोड़ना मुश्किल है। वर्तमान में सभी फंड हाउस दिखाते हैं कि उनकी स्कीम का प्रदर्शन इंडेक्स से बेहतर है, लेकिन इस गणित से सावधान रहें। ये फंड हाउस प्रदर्शन दिखाते समय शुल्क को सम्मिलित नहीं करते। ऐसे में आप शुल्क को सम्मिलित करके गणना करें, तब आपको पता चलेगा कि बहुत सारी योजनाएँ इंडेक्स से खराब प्रदर्शन कर रही हैं। ऐसे में अगर आप अधिक रोमांच नहीं चाहते तो ऐसे इंडेक्स फंड का चुनाव करें, जिसका फंड शुल्क 1 प्रतिशत सालाना से कम हो।

□

24

क्यों सुरक्षित है म्यूचुअल फंड

निवेशक आमतौर पर कंपनियों के भविष्य को लेकर काफी चिंतित रहते हैं, खासकर तब जबकि उनके संबंध में चर्चाएँ होती हैं या फिर कहीं खबर छपती है। अकसर सुना जाता है कि कई फंड कंपनियों को घाटा हो रहा है। कुछ के बारे में चर्चा होती है कि वे बहुत ज्यादा छोटी कंपनियाँ हैं और ज्यादा दिन चल नहीं पाएँगी। किसी कंपनी के बारे में सुनने को मिलता है कि उसका किसी दूसरी कंपनी में विलय हो रहा है। पिछले दिनों बहुत ही प्रतिष्ठित अमेरिकी इन्वेस्टमेंट बैंक गोल्डमैन सैक दिवालिया हो गया। ऐसा ही शैनसई म्यूचुअल फंड के साथ भी हुआ। इसमें जापान के शैनसई बैंक की भी बड़ी हिस्सेदारी थी। ऐसी खबरों पर आपकी प्रतिक्रिया संयमित होना जरूरी है। वरना आप अपना नुकसान कर सकते हैं।

उथल-पुथल रहेगी ही

इन कंपनियों के आधार पर अगर आकलन करें तो यह कहा जा सकता है कि म्यूचुअल फंड कारोबार में थोड़ी-बहुत उथल-पुथल तो रहेगी ही। म्यूचुअल फंड बिजनेस से एंट्री लोड हटने और यूलिप के बहाने इंश्योरेंस कारोबार को लेकर नियामक संस्थाओं की नाराजगी के कारण आनेवाले समय में फंड कारोबार में उतार-चढ़ाव देखा जा सकता है। पर क्या इसके लिए निवेशकों को चिंतित होना चाहिए? ज्यादातर एनालिस्ट का मानना है कि ये खबरें इंडस्ट्री में चलने वाली आम खबरें हैं। निवेशकों को इससे मतलब न रखते हुए लंबी अवधि में निवेश पर ध्यान फोकस करना चाहिए, क्योंकि

बाजार नियामक सेबी से ऐसे किसी फंड को बाजार में टिकने नहीं देगा, जो निवेशकों को चूना लगाने आया हो।

भारत में निवेश सुरक्षित

अगर भारतीय फंड उद्योग के इतिहास पर नजर डालें तो समझ में आता है कि ऐसी आशंका निराधार है। फंड मैनेजमेंट उद्योग में कारोबारी उथल-पुथल कोई नई बात नहीं है। पिछले 20 सालों में जब म्यूचुअल फंड उद्योग शुरू हुआ और बढ़ा तो कई कंपनियों के प्रमोटर्स को ऐसा लगा कि इस उद्योग के लिए उनकी योजना में बदलाव जरूरी है। हालाँकि इसमें निवेशकों को नुकसान उठाना पड़ा। देश में म्यूचुअल फंड उद्योग के इतिहास में 56 असेट मैनेजमेंट कंपनियाँ आईं। पर इनमें से कम-से-कम 19 ज्यादा समय तक नहीं चल पाईं। इसका मतलब यह हुआ कि कम-से-कम एक-तिहाई एसेट मैनेजमेंट कंपनियाँ या तो बंद हो गईं या किसी भी तरीके से कारोबार से बाहर हो गईं।

अधिग्रहण का है लंबा इतिहास

वास्तव में जो ए.एम.सी. कोई कारोबार कर रही हैं और उसके पास निवेशक हैं तो उसके पास पर्याप्त वैल्यू होती है, ताकि कोई अन्य कंपनी या तो पूरे कारोबार को ही या फिर केवल फंड कारोबार को अधिगृहीत कर ले। इस पर भी बाजार में कई ऐसी कंपनियाँ हैं, जो कई बार एक से दूसरी कंपनी के हाथों अधिगृहीत होती रहीं।

नियामक हैं काफी प्रभावी

भारत में फंड उद्योग के निवेशकों के सामने इस तरह की आशंकाएँ इसलिए भी कम हैं, क्योंकि यहाँ म्यूचुअल फंड नियामक काफी प्रभावी रूप से काम करते हैं। निवेशकों की रकम एसेट मैनेजमेंट कंपनी के कारोबार से पूरी तरह अलग रहती है। अभी तक केवल दो ऐसे मामले सामने आए हैं, जिसमें निवेशकों को परेशानी का सामना करना पड़ा। एक वर्ष 1997 में

सी.आर.बी. म्यूचुअल फंड के दिवालिया होने के दौरान सामने आया। सी.आर.बी. के प्रमोटर धोखाधड़ी से फंड चला रहे थे और उस समय नियामक उतने भी ज्यादा प्रभावी तरीके से काम नहीं कर पाए थे जितने प्रभावी तरीके से उन्हें करना चाहिए था। दूसरा मामला पुराने यूनिट ट्रस्ट ऑफ इंडिया का था; लेकिन यह एक ऐसी घटना थी जैसी दूसरी कोई नहीं हुई। आज के दौर में जिस स्तर पर म्यूचुअल फंड कारोबार है और मजबूत नियामक है, ऐसे में निवेशकों को किसी भी तरह की चिंता नहीं होनी चाहिए।

□

25

म्यूचुअल फंड : सावधानी बरतें

अगर आपको शेयर बाजार की उठा-पटक की जानकारी नहीं है तो म्यूचुअल फंड का रास्ता बेहतर है। इन दिनों बाजार में हजारों म्यूचुअल फंड स्कीम मौजूद हैं। निवेशक उलझन में हैं कि अपना पैसा कहाँ लगाएँ! ऐसे में जरूरी है सही स्कीम का चुनाव करना, ताकि पैसा सुरक्षित रहे और रिटर्न भी बेहतर मिले।

कौन सा फंड चुनें?

- फंड की जानकारी देने के लिए आजकल ढेरों वेबसाइट हैं। निवेश करने से पहले वेबसाइट पर जाकर पूरी पड़ताल कर लें।
- फंड में पैसा लगाने से पहले उसके ट्रैक रिकॉर्ड की जाँच करें। ऐसा फंड चुनें, जिसका ट्रैक रिकॉर्ड लंबा और बेहतर हो।
- ऐसे फंड हाउस पर भरोसा करें, जो निवेश की प्रक्रिया को लेकर जाने जाते हैं। कई लोग सिर्फ स्टार फंड मैनेजरों को देखकर अपना पैसा लगा देते हैं। इससे बचने की जरूरत है।
- लॉन्ग टर्म में पैसा बनाने के लिए ऐसी स्कीम के साथ बने रहने में फायदा है, जो डायवर्सिफाइड इन्वेस्टमेंट में दिलचस्पी रखती है।
- मार्केट का सीधा फंडा है कि रिटर्न हमेशा जोखिम के साथ आता है। ऐसे में अगर आप सिस्टेमेटिक तरीके से लॉन्ग टर्म के लिए इन्वेस्टमेंट करते हैं तो यह जोखिम कम हो सकता है।

- बेहतर रिटर्न के लिए लार्ज कैप, मिड कैप और स्मॉल कैप के बीच संतुलन वाला म्यूचुअल फंड पोर्टफोलियो तैयार करना चाहिए।

जोखिम नहीं, सुरक्षित रिटर्न

जो लोग शेयरों में सीधे पैसा नहीं लगाना चाहते और बैंक डिपॉजिट से मिलने वाले कम रिटर्न से नाखुश हैं, वे डेट फंड का रुख कर सकते हैं। लंबी अवधि के लिए इसे सुरक्षित निवेश माना जाता है। जो लोग शॉर्ट टर्म के लिए पैसा लगाना चाहते हैं, उनके लिए लिक्विड फंड का विकल्प है। ऐसे फंड बैंक बचत खाते से ज्यादा रिटर्न देते हैं। डेट फंड में निवेश करनेवाले बैंक या बॉण्ड हाउस दोनों के जरिए सरकारी प्रतिभूतियाँ या कॉरपोरेट बॉण्ड खरीद सकते हैं।

सिस्टेमेटिक इन्वेस्टमेंट प्लान (एस.आई.पी.)

म्यूचुअल फंड में पैसा बनाने के लिए यह जरूरी है कि आप छोटी रकम ही सही, लेकिन उसे लंबी अवधि के लिए और सिस्टेमेटिक इन्वेस्टमेंट प्लान (एस.आई.पी.) के जरिए निवेश करें। हर महीने एक तय तारीख पर थोड़ा-थोड़ा निवेश करके आप अच्छा-खासा पैसा बना सकते हैं। मान लीजिए, आप हर महीने 4 हजार रुपए निवेश करना चाहते हैं। आप इसे चार हिस्सों में अलग-अलग तारीखों पर निवेश कर सकते हैं। फंड हाउस में इसके लिए मल्टीपल डेट्स उपलब्ध होती हैं। जहाँ शेयरों में निवेश करने के लिए निवेशकों को बाजार के नीचे आने का इंतजार करना पड़ता है, वहीं एस.आई.पी. द्वारा आप कभी भी म्यूचुअल फंड में निवेश शुरू कर सकते हैं। जैसे-जैसे बाजार ऊपर उठता है, फंड की नेट असेट वैल्यू ज्यादा हो जाती है। उस समय आपको निवेश पर कम यूनिट्स मिलते हैं। इस तरह आपका एवरेज रिटर्न बना रहता है। बाजार में बहुत उतार-चढ़ाव हो तो एस.आई.पी. से किया गया निवेश सुरक्षित और फायदेमंद माना जाता है। इस तरह अच्छे इक्विटी फंडों में एस.आई.पी. के जरिए निवेश कर आप बेहतर रिटर्न पा सकते हैं। आप एस.आई.पी. के जरिए महज 100

रुपए महीने से भी निवेश की शुरुआत कर सकते हैं। अब तो सरकार ने एंट्री लोड पर पाबंदी भी लगा दी है।

टैक्स राहत

म्यूचुअल फंड की इक्विटी लिंक्ड सेविंग स्कीम में निवेश करने पर न सिर्फ इन्कम टैक्स की धारा 80 सी के तहत 1 लाख रुपए का टैक्स बेनिफिट मिलता है, बल्कि बेहतर रिटर्न भी आता है। इससे मिलनेवाला डिविडेंड और रिटर्न कर-मुक्त होता है। इस स्कीम को इक्विटी लिंक्ड सेविंग स्कीम कहते हैं। लेकिन 2012 में नया डी.टी.सी. लागू होने के बाद ELSS को 80(C) की सूची से निकाले जाने की बात कही गई है।

म्यूचुअल फंड की ए.बी.सी.डी.

फंड के प्रकार—

- **ओपन एंडेड फंड :** इस श्रेणी में आनेवाली स्कीम की तय अवधि नहीं होती। इस स्कीम में निवेशकों को यह सुविधा होती है कि वे किसी भी समय उस स्कीम में निवेश कर सकते हैं।
- **क्लोज एंडेड फंड :** इसकी अवधि निर्धारित होती है। फंड कितने समय के लिए है, इसका जिक्र उस फंड के इनीशियल ऑफर के समय कर दिया जाता है। हालाँकि फंड हाउस निवेशकों की सहमति और नियमों के आधार पर फंड की अवधि में बदलाव कर सकता है। ये फंड तीन साल की अवधि के लॉक-इन पीरियड में उपलब्ध होते हैं। निवेशक फंड से बाहर आना चाहे तो वह एग्जिट लोड चुकाकर बाहर निकल सकता है।
- **इक्विटी फंड :** तेजी के बाजार में इक्विटी फंड में निवेश सबसे ज्यादा मुनाफा देता है। अगर आप लंबी अवधि के लिए पैसा निवेश करना चाहते हैं तो इक्विटी फंड बेहतर है।
- **इन्कम फंड :** इक्विटी फंड के विपरीत इसमें जोखिम कम होता

है। यहाँ रिटर्न का प्रतिशत इक्विटी फंड के मुकाबले काफी कम रहता है।

- **बैलेंस्ड फंड :** निवेश में डायवर्सिफिकेशन का खयाल रखा जाता है। इसलिए इसमें बाजार से जुड़ा जोखिम काफी कम हो जाता है।
- **मनी मार्केट फंड :** इनका ज्यादातर निवेश उन फिक्स्ड इन्कम इंस्ट्रूमेंट में होता है, जो एक साल से भी कम समय के लिए जारी किए गए हों। शॉर्ट टर्म के लिए पैसा लगाने का यह बेहतर माध्यम है।
- **डेट फंड :** इसमें निवेश करने पर ज्यादा रिटर्न नहीं मिलता, लेकिन पैसा सुरक्षित रहता है। ब्याज दरों की उठा-पटक के दौर में डेटफंड अच्छा रिटर्न देते हैं।

□

26

निवेशकों के आकर्षक का केंद्र बने ये फंड

(i) ई.टी.एफ.फंड

शेयर बाजार में निवेश करते समय मात्र शेयरों का विचार ही न करें। शेयरों जैसा या शेयरों से अधिक प्रतिफल देनेवाले अन्य साधन अन्य नामों या स्वरूपों में शेयर बाजार में उपलब्ध हैं, परंतु इनके प्रति निवेशकों में जागरूकता न होने के कारण वे इन पर विशेष ध्यान नहीं देते। अब इन साधनों के संबंध में जागरूकता बढ़नी शुरू हो गई है। ई.टी.एफ. (एक्सचेंज ट्रेडेड फंड) के नाम से निवेश साधन में अनेक विशेषताएँ हैं। इसके सौदे बी.एस.ई. और एन.एस.ई. में नियमित रूप से होते हैं। ऐसे कुछ प्रोडक्ट्स पर नजर डालते हैं—

ये प्रोडक्ट्स दीर्घावधि आयोजन के लिए हैं। इतना ही नहीं, इसकी विशेषता यह है कि इसमें ऊँची प्रवाहित उपलब्ध है। इनमें से कुछ प्रोडक्टस के बाद उपनाम लगता है, 'बीज' अर्थात् 'बेंचमार्क ट्रेडेड स्कीम'। भारतीय पूँजी बाजार में ई.टी.एफ. (एक्सचेंज ट्रेडेड फंड) का विचार सबसे पहले प्रस्तुत करनेवाली बेंचमार्क असेट मैनेजमेंट कंपनी ने इक्विटी—इंडेक्स और गोल्ड इन तीन असेट में ई.टी.वी. शुरू किया है और इस क्षेत्र की अग्रणी रहने के साथ बाजार में इसकी हिस्सेदारी भी सर्वाधिक है। इसके पश्चात् ई.टी.एफ. शुरू करनेवाली कंपनियों में रिलायंस, यू.टी.आई., कोटक महिंद्रा, आई.सी.आई.सी.आई., एस.बी.आई., क्वांटम जैसी कंपनियों का समावेश है। ये ई.टी.एफ. निफ्टी और सेंसेक्स के उपरांत बैंक इंडेक्स,

पी.एस.यू. इंडेक्स, गोल्ड इत्यादि में उपलब्ध हैं।

निफ्टी बीज : निवेशक जब दो पाँच अलग-अलग शेयरों में निवेश करता है तब आय के निरंतर घटने-बढ़ने का जोखिम नहीं रहता है। परंतु कम पूँजी के निवेश से कितने शेयर खरीदे जा सकते हैं, यह भी एक सवाल है; जबकि निफ्टी बीज ऐसा ई.टी.एफ. है, जिसका नेशनल स्टॉक एक्सचेंज के बेंचमार्क इंडेक्स निफ्टी की 50 स्क्रिपो में निवेश होता है। परिणामस्वरूप निफ्टी बीज में निवेश करनेवाले छोटे-से-छोटे निवेशक का भी एक साथ स्क्रिपो में निवेश हो जाता है। परिणामस्वरूप उसका जोखिम 50 विविध शेयरों में विभाजित हो जाता है।

निफ्टी बीज भी शेयरों की तरह शेयर बाजार पर सूचीबद्ध होता है और उसमें शेयरों की तरह दिन-प्रतिदिन खरीद-बिक्री हो सकती है। इनका भाव यूनिट के आधार पर बोला जाता है। यदि निफ्टी 5,000 हो तो निफ्टी बीज की एक यूनिट 500 रुपए की होती है (अर्थात् निफ्टी का दसवाँ हिस्सा)। आपके पास निफ्टी के दो-तीन शेयर हों और उनका भाव बढ़ता हो, जबकि दूसरी तरफ निफ्टी की दर घटती हो, ऐसा हो सकता है। परंतु दीर्घावधि में निफ्टी बढ़ता ही है, इसलिए निवेशकों के लिए दीर्घावधि में यह निवेश साधन श्रेष्ठ बनता जा रहा है। इसी प्रकार लंबी अवधि के लिए सेंसेक्स भी खरीदा जा सकता है, जिसके सौदे बी.एस.ई. पर स्पाइस नाम से होते हैं, जो आई.सी.आई.सी.आई. का प्रोडक्ट है। आप निफ्टी इंडेक्स में वायदा (फ्यूचर्स ट्रेडिंग) करें, इसकी तुलना में निफ्टी के ई.टी.एफ. (निफ्टी बीज) में सौदा करें, तब खर्च कम आता है और जोखिम भी कम होता है। आप 1 यूनिट की खरीद-बिक्री भी कर सकते हैं। निफ्टी बीज में आपको मार्जिन भरने की झंझट भी नहीं रहती। बेंचमार्क का दूसरा उत्पाद है 'गोल्ड बीज'।

गोल्ड बीज : पहली बात तो यह है कि गोल्ड का स्वभाव और रुझान अधिकांशत: इक्विटी से विरुद्ध होता है, जिससे इक्विटी के विरुद्ध हेजिंग के रूप में भी गोल्ड श्रेष्ठ साधन माना जाता है; परंतु फिजिकल गोल्ड के बदले ई.टी.एफ. के रूप में सोने में निवेश खरीद-बिक्री की दृष्टि से सरल साधन है। हमारे देश में आधी रात की जरूरत के समय सोना काम आता

है। परिवार में किसी शुभ प्रसंग पर भी सोने की आवश्यकता पड़ती है। आप गोल्ड ई.टी.एफ. की एक-एक यूनिट जमा करके रख सकते हैं तथा आवश्यकता पड़ने पर इनको फिजिकल सोने में बदल सकते हैं। इतना ही नहीं, फिजिकल स्वरूप के सोने तथा गोल्ड बीज के सोने का भाव भी लगभग समान ही रहता है। आप पेपर गोल्ड से रकम प्राप्त करके फिजिकल गोल्ड की जरूरत पूरी कर सकते हैं। गोल्ड बीज की अनेक विशेषताएँ हैं। इनमें फिजिकल सोने की तरह घिसावट नहीं होती तथा इसके चोरी हो जाने का खतरा भी नहीं रहता। यह सोना शेयरों की तरह डीमेट अकाउंट में इलेक्ट्रॉनिक रूप में रखा जाता है। इसके सौदों का खर्च भी कम आता है। गोल्ड बीज का भाव भी एक यूनिट में बोला जाता है, जो कि 1 ग्राम सोने के बराबर होता है। फिजिकल गोल्ड पर संपत्ति कर लागू होता है, जबकि पेपर गोल्ड संपत्ति कर से मुक्त है। इतना ही नहीं, इस पर सिक्योरिटी ट्रांजेक्शन टैक्स भी नहीं लगता।

लिक्विड बीज : इस उत्पाद के भी शेयर बाजार में सौदे होते हैं और इसकी विशेषता यह है कि लिक्विड बीज को नकद के समान ही माना जाता है, जिसकी वजह मार्जिन के रूप में स्वीकार करना है। यदि आप शेयरों की खरीद-बिक्री करते रहते हैं तो आप अपने ब्रोकर को कह सकते हैं कि वह आपके शेयरों की खरीद-बिक्री की रकम को लिक्विड बीज में रखे, जिससे इस निवेश पर भी आपको प्रतिफल मिलता रहे। लिक्विड बीज पर दैनिक आधार पर डिविडेंड जमा होता है। विचार करें कि आपने ए.बी.सी. कंपनी के शेयर बेचे और उसकी रकम आपके खाते में ब्रोकर के पास जमा हुई। अब जब तक आप दूसरे शेयर न खरीदें तब तक इस रकम को लिक्विड बीज में निवेश कर सकते हैं और शेयर खरीदते समय लिक्विड बीज को निकालकर उसकी रकम से खरीदे गए शेयरों का भुगतान कर सकते हैं। ऐसा करने पर आपको आपकी जमा राशि पर लिक्विड बीज के निवेश स्वरूप प्रतिफल मिलता है। इसमें जैसा नाम वैसा गुण है। लिक्विड बीज का भाव एन.ए.वी. लगभग 1,000 रुपए होता है। इस पर मिलनेवाला डिविडेंड भी निवेश होता रहता है, जिससे इसमें वृद्धि होती

रहती है। अधिकांशतः डिपॉजिटरी पार्टिसिपेंट इस पर शुल्क नहीं लेते। इन सौदों पर एस.टी.टी. भी नहीं लगता। इसमें एक यूनिट का सौदा भी हो सकता है। लिक्विड बीज में एंट्री लोड और एक्जिट पोल शून्य है।

बेंचमार्क असेट मैनेजमेंट के उत्पादों में जूनियर निफ्टी और बैंक बीज का भी समावेश है। ये उत्पाद ई.टी.एफ. के स्वरूप के होने से इसमें दीर्घावधि के लिए जोखिम न्यूनतम तथा प्रतिफल अधिकतम संभावित है।

(ii) गिल्ट फंड

गिल्ट फंड अर्थात् ऐसा फंड, जिसकी रकम का निवेश सरकारी प्रतिभूतियों में किया जाता हो। सरकारी सिक्योरिटीज डिफॉल्ट न हो, इसकी गारंटी सरकार के पास से मिलती ही है। परंतु इसके भाव में घट-बढ़ भी होती रहती है। इस निवेश में मियाद पूरी होने पर रकम पूरी सुरक्षा के साथ तथा प्रतिफल कुछ ऊपर-नीचे हुआ करता है, अर्थात् रिस्क जीरो नहीं तो कम जरूर रहता है।

इसमें किया गया निवेश डूबता नहीं तथा 1 लाख का 12,000 नहीं होता और साथ ही ऊँचा प्रतिफल जरूर मिलता है। वर्ष 2008 में जब इक्विटी में किया निवेश नकारात्मक हो गया, उस समय गिल्ट फंड में 7 प्रतिशत से 24 प्रतिशत तक प्रतिफल एक ही वर्ष में दिया। इतना ही नहीं, 6 प्रतिशत से 14 प्रतिशत तक का प्रतिफल तो इन फंडों ने 3 से 6 महीनों के अंतराल में ही दे दिया था। इन निवेश साधनों में कम समय के लिए निवेश करना काफी अच्छा माना जाता है। जैसे-जैसे अवधि बढ़ाई जाती है वैसे-वैसे कुल प्रतिफल की दर घटती जाती है, जबकि इक्विटी साधनों में किए गए निवेश पर जैसे-जैसे समय बढ़ता जाता है, प्रतिफल की दर बढ़ती जाती है और यह समय जितना कम होता है, इसमें निवेश का जोखिम उतना अधिक हो जाता है।

आज निवेश की कई राशि की सुरक्षा काफी महत्त्वपूर्ण है। शेयर बाजार सहित अन्य किसी भी निवेश साधन में जब निवेश पर जोखिम दिखाई दे, ऐसे समय में निवेश करने के लिए गिल्ट फंड एक अच्छा साधन है, परंतु

यह याद रखें कि गिल्ट फंड में भी यदि आप बीच में ही निवेश निकाल लें तो हो सकता है कि उस समय उसकी नेट असेट वैल्यू कम हो और उस समय आपको नुकसान उठाना पड़ सकता है।

गिल्ट फंड किसके लिए सुरक्षित है?

इस फंड का निवेश सरकारी सिक्योरिटीज में होने के कारण इसमें काफी सुरक्षा रहती है। बैंकों की डिपॉजिट की तरह गिल्ट फंड की गणना की जाती है। वर्ष 2008 में गिल्ट फंड में किया गया निवेश श्रेष्ठ निवेश साबित हुआ। पूरे विश्व में जब प्रवाहिता में कमी और आर्थिक संकट की प्रवृत्ति विद्यमान थी, उस समय इन फंडों में किए गए निवेश से निवेशकों को काफी राहत मिली।

निवेशकों को एक अलग असेट क्लास के रूप में अपनी कुल निवेश की राशि का एक हिस्सा गिल्ट फंड की योजनाओं में निवेश के लिए रखना अच्छा है। विशेषकर वरिष्ठ नागरिकों, सेवानिवृत्त व्यक्तियों या ऐसे लोगों को, जो जोखिम नहीं उठाना चाहते। कम-से-कम आपके सेविंग बैंक में रकम पड़ी रहे, उससे तो ज्यादा प्रतिफल गिल्ट फंडों गें निवेश पर मिलेगा ही।

(iii) शरिया इंडेक्स

शरिया इंडेक्स उन कंपनियों पर आधारित इंडेक्स है, जिनमें इसलामिक कानून के मुताबिक निवेश किया जा सकता है। अभी तक बनाए गए अधिकतर शरिया इंडेक्स मौजूदा या अंडरलाइंग इंडेक्स पर आधारित हैं। ऐसे इंडेक्स में शामिल कंपनियों की जाँच एक ऐसे बोर्ड द्वारा की जाती है, जिसे 'कुरान' के सिद्धांतों की अच्छी जानकारी होती है।

कंपनियों की जाँच किस तरह की जाती है?

कंपनियों की जाँच दो फ्रंटों पर की जाती है। पहले उस क्षेत्र के आधार पर जाँच की जाती है, जिससे कंपनी जुड़ी होती है। इसके बाद कुछ

ऑपरेटिंग रेशियो के आधार पर जाँच की जाती है। उदाहरण के लिए, किसी इंडेक्स में शामिल वैसी सभी कंपनियाँ, जिनका संबंध पोर्क, एल्कोहल, जुआ, वित्त, तंबाकू, पोर्नोग्राफी, सोने-चाँदी, नकदी के कारोबार में जुड़ा होता है, को शरिया इंडेक्स में शामिल नहीं किया जाता है।

इनके अलावा विज्ञापन और मीडिया (अखबार और कुछ अन्य मामलों को छोड़कर, जिनका विश्लेषण व्यक्तिगत आधार पर किया जाता है) क्षेत्र से जुड़ी कंपनियों को भी शरिया में शामिल नहीं किया जाता है। इसके अलावा जाँच के दौरान किसी कंपनी को कर्ज, नकदी और ऐसी गतिविधियों से हासिल आय पर भी विचार किया जाता है, जो 'कुरान' के सिद्धांत के अनुकूल नहीं होती हैं।

उदाहरण के लिए, यदि किसी कंपनी का कर्ज उसके शेयरों के बाजार मूल्य के 33 फीसदी से कम है तो उसे कुरान के सिद्धांतों के अनुकूल माना जाता है। इसके अलावा यदि किसी कंपनी की कुल आय में गैर-अनुमति प्राप्त गतिविधियों से हासिल आय की हिस्सेदारी 5 फीसदी से कम है तो उस कंपनी को शरिया इंडेक्स में शामिल किया जा सकता है। शरिया इंडेक्स में शामिल कंपनियों की संख्या में बढ़ोतरी की जा सकती है।

शरिया इंडेक्स बनाने के पीछे क्या कारण है?

मार्टिन एल. दोस ने इसलामिक फाइनेंस पर अपने लेख में कहा है कि इसलामी कानून सूदखोरी और जोखिम से बचने पर जोर देता है। इसलामी कानून में धन को संपत्ति नहीं माना गया है, जिसमें धन से ध न अर्जित करने के चलन को मान्यता नहीं दी गई है। इसका मतलब यह है कि ब्याज पर कर्ज मुहैया कराने को इसलामिक सिद्धांतों के खिलाफ माना जाता है, जिनका वजूद निश्चित नहीं है। यहाँ बीमा उत्पादों का उदाहरण दिया जा सकता है, जिसे भविष्य में किसी घटना की आशंका को देखते हुए खरीदा जाता है।

क्या भारत में शरिया इंडेक्स है?

शरिया इंडेक्स में भारतीय कंपनियों को पहले भी शामिल किया जाता रहा है, लेकिन भारतीय शेयर बाजार पर आधारित दो शरिया इंडेक्स सबसे पहले स्टैंडर्ड एंड पुअर्स ने फरवरी 2008 में शुरू किए थे। इनके नाम एस. एंड पी.सी.एन.एक्स. 500 शरिया और एस. एंड पी. निफ्टी शरिया है। इन्हें एम. एंड पी.सी.एन.एक्स. 500 और एम. एंड पी. निफ्टी में शामिल कंपनियों की जाँच के बाद तैयार किया गया है।

(iv) गोल्ड फंड ऑफ फंड

म्यूचुअल फंड की दुनिया में नई-नई चीजों के आने का सिलसिला अब रफ्तार पकड़ने लगा है। परिसंपत्ति प्रबंधन कंपनियाँ (ए.एम.सी.) नई तरह की फंड योजनाएँ पेश कर रही हैं।

निवेशकों को अपनी विशेष जरूरतों को ध्यान में रखते हुए यह सुनिश्चित कर लेना चाहिए कि उनको इन नई योजनाओं का पूरा-पूरा फायदा मिले। हाल में नए फंड घरानों ने एक नई योजना गोल्ड फंड ऑफ फंड्स (एफ.ओ.एफ.) के लिए पेशकश दस्तावेज दाखिल किए हैं। यहाँ हम बता रहे हैं कि निवेशक कैसे यह परखें कि इन योजनाओं से उनको वांछित फायदा किस प्रकार से हो सकता है!

क्या है गोल्ड एफ.ओ.एफ.?

गोल्ड फंड ऑफ फंड्स आम म्यूचुअल फंड योजनाओं से थोड़ा अलग है। इन फंडों के फंड का शेयरों, ऋण साधनों और सोने में सीधा कोई निवेश नहीं होता है। इनके पोर्टफोलियो में ऐसे फंड होते हैं, जिनके पास इस तरह के निवेश साधन होते हैं।

गोल्ड फंड ऑफ फंड्स को भी ऐसे ही फंडों में निवेश करना है, जो सोने में निवेश करते हैं। यह आपको आम निवेश विकल्पों से अलग साधन सोने में निवेश का विकल्प देता है।

निवेश के पुराने विकल्प

अभी तक सोने में निवेश की चाहत रखनेवाले लोगों के पास सिर्फ गोल्ड एक्सचेंज ट्रेडेड फंड (ई.टी.एफ.) का ही विकल्प है। मौजूदा फंडों के फंड का विकल्प फिलहाल ऋण साधनों और शेयरों तक ही सीमित है। गोल्ड फंड ऑफ फंड्स (एफ.ओ.एफ.) एक नई तरह की परिसंपत्ति होगा, जिसमें अन्य फंड भी शामिल होंगे। गोल्ड फंड ऑफ फंड्स में निवेश करने से पहले कुछ बातों का ध्यान रखना जरूरी है। सबसे पहला, सोने की कीमतों में उतार-चढ़ाव का फायदा उठाने के लिए आपके पास पहले से ही ई.टी.एफ. का विकल्प मौजूद है। ऐसे में अगर नए गोल्ड एफ.ओ.एफ. में ही ये सब बातें शामिल हैं तो फिर इसमें निवेश क्यों करें? बाजार नियामक के पास गोल्ड एफ.ओ.एफ. के लिए जो पेशकश दस्तावेज दाखिल किए गए हैं, उनसे साफ होता है कि ये फंड ऋण या मुद्रा बाजार के साधनों में बहुत थोड़ा सा निवेश करने जा रहे हैं। इसका मतलब यह है कि ई.टी.एफ. की तुलना में इनमें प्रतिफल की दर थोड़ा ज्यादा होगी। हालाँकि इसकी कोई गारंटी नहीं दी जा सकती। कुल मिलाकर प्रतिफल फंड प्रबंधक की कुशलता पर ही काफी हद तक निर्भर करेगा। एफ.ओ.एफ. के मामले में इस बात का भी खयाल किया जाना चाहिए कि इसमें पैसा लगाने के लिए निवेशकों को जो अतिरिक्त खर्च करना पड़ेगा, वह निवेश के हिसाब से होना चाहिए। अगर ऐसा न हो तो फिर ई.टी.एफ. में निवेश करना बेहतर विकल्प है।

कहाँ होगा निवेश?

अभी तक चार फंडों में गोल्ड एफ.ओ.एफ. के लिए पेशकश दस्तावेज दाखिल किए हैं और इन सबका प्रस्ताव गोल्ड ई.टी.एफ. के अलावा सोने के खनन से जुड़ी कंपनियों के शेयरों में निवेश करनेवाले फंडों को भी पोर्टफोलियो में शामिल किया जाता है तो यह एक अच्छा गोल्ड पोर्टफोलियो माना जा सकता है। इससे न सिर्फ सोने की कीमतों में उतार-चढ़ाव का फायदा मिलेगा, बल्कि खनन से जुड़ी कंपनियों के मुनाफे और प्रदर्शन का

असर भी फंड की रिटर्न पर पड़ेगा।

साथ-ही-साथ इस बात पर गौर करना चाहिए कि गोल्ड एफ.ओ.एफ. शुरू करनेवाली फंड कंपनी अपने ही घराने के ई.टी.एफ. में निवेश करने जा रही है या वह अपने फंड घराने से बाहर के विकल्प भी तलाश रही है! फिलहाल पेशकश दस्तावेज से तो यही लगता है कि इस मामले में फंड कंपनियाँ दोनों ही विकल्पों पर ध्यान दे रही हैं। कई परिसंपत्ति प्रबंधन कंपनियों ने अपने ही घराने के ई.टी.एफ. में निवेश की बात कही है तो कई बाहर के ई.टी.एफ. में निवेश करने की इच्छुक हैं।

क्या करें निवेशक?

फिलहाल कई निवेशक सोने में निवेश के लिए गोल्ड ई.टी.एफ. का सहारा ले रहे हैं। ऐसे में जब तक नई फंड योजना उपलब्ध नहीं हो जाती और इनके निवेश का तौर-तरीका बिलकुल साफ नहीं हो जाता, तब तक निवेशकों को गोल्ड ई.टी.एफ. में अपना निवेश जारी रखना चाहिए। नए गोल्ड एफ.ओ.एफ. की पोर्टफोलियो में 10-15 फीसदी से ज्यादा की हिस्सेदारी नहीं होनी चाहिए। संभावना है कि फंडों को ऋण-उन्मुख फंडों की श्रेणी में रखा जाएगा। ऐसा हुआ तो फिर लाभांश वितरण कर (डी.डी.टी.) का भुगतान करना होगा। निवेशकों के हाथ में आनेवाला लाभांश तो कर-मुक्त होगा, पर डी.डी.टी. के रूप में अप्रत्यक्ष कर का बोझ उठाना पड़ेगा। इस तरह फंड में निवेश की अवधि के हिसाब से पूँजीगत लाभ पर कर की मात्रा तय होगी। एक साल से कम समय तक निवेश रखने पर प्राप्त आमदनी अल्पावधि पूँजीगत लाभ की श्रेणी में आएगी और इस पर सामान्य आमदनी की तरह कर लगेगा।

एक साल से ज्यादा वक्त में हासिल होनेवाले पूँजीगत लाभ को दीर्घावधि पूँजीगत लाभ माना जाएगा और इस पर इंडेक्सेशन के साथ 20 फीसदी छूट पर या बिना इंडेक्सेशन के 10 फीसदी के हिसाब से कर लगेगा।

(v) ऋण म्यूचुअल फंड

वित्त वर्ष की समाप्ति का समय ऐसा मुकाम होता है, जब निवेशक अपने पोर्टफोलियो का लेखा-जोखा लेते हैं। हो सकता है, लोगों को यह काम थकाऊ लगे, क्योंकि निवेश जरूरतों को पूरा करने के लिए कुछ ही दिन बचे होते हैं। कुछ अन्य लोगों के लिए यह वक्त अतिरिक्त लाभ सुनिश्चित करने के लिए भी हो सकता है। खासतौर से ऋण म्यूचुअल फंड के निवेशकों के लिए यह बेहतर समय होता है, क्योंकि उन्हें महत्त्वपूर्ण लाभ हो सकता है।

इंडक्सेशन का लाभ

लागत से अधिक मूल्य पर म्यूचुअल फंड निवेश को बेचनेवाले लाभ को पूँजीगत लाभ के तौर पर जाना जाता है। किसी फंड में 12 महीने से कम अवधि के निवेश से प्राप्त होनेवाला लाभ अल्पावधि का पूँजीगत लाभ कहलाता है, जबकि 12 महीने से अधिक अवधि के निवेश से होनेवाला लाभ दीर्घावधि के पूँजीगत लाभ की श्रेणी में आता है।

इन लाभों पर विभिन्न दरों से कर लगाया जाता है और दीर्घावधि के पूँजीगत लाभ पर अतिरिक्त लाभ मिलता है। अतिरिक्त लाभ इंडक्सेशन के तौर पर मिलता है, जहाँ निवेश की लागत निवेश की अवधि के दौरान महँगाई के अनुपात में बढ़ाई जाती है। प्रत्येक वर्ष कर विभाग द्वारा जारी किए जानेवाले लागत महँगाई सूचकांक की संख्या के आधार पर इंडक्सेशन को अंजाम दिया जाता है।

दोहरा लाभ

वित्तीय वर्ष की समाप्ति का समय निवेशकों को इंडक्सेशन का इस्तेमाल करते हुए दोहरा लाभ कमाने का अवसर देता है। दोहरे इंडक्सेशन का लाभ वैसे निवेश पर मिलता है, जिसे दो सालों के लॉक-इन पीरियड की जरूरत नहीं होती; लेकिन यह कम-से-कम एक वर्ष से अधिक का होना चाहिए।

उदाहरण के लिए, अगर म्यूचुअल फंड यूनिट वित्त वर्ष 2008-09 में खरीदे गए हैं और उन्हें अप्रैल 2010 में बेचा जाता है तो बेचे जाने का वर्ष 2010-11 होगा। वास्तव में निवेश एक साल से कुछ अधिक अवधि का है, लेकिन इस पर दो साल के इंडक्सेशन का लाभ मिलेगा, जिससे कर की देनदारी में कमी आती है। उदाहरण के लिए, निवेशक मार्च 2008 में 10 रुपए प्रति यूनिट के हिसाब से 50 हजार रुपए का निवेश ऋण फंड में करता है तो उसे 5 हजार यूनिट आवंटित किए जाते हैं। अप्रैल 2009 में (13 महीने बाद) वह अपने यूनिट 11.80 रुपए प्रति यूनिट के हिसाब से बेच देता है। इस प्रकार उसे 18 प्रतिशत का प्रतिफल प्राप्त होता है। यूनिटों में निवेश की अवधि 12 महीने से अधिक होने से इस पर दीर्घावधि कर पूँजीगत लाभ कर लगाया जा सकता है। उसके बाद उसे कर योग्य राशि की गणना करनी चाहिए और यहाँ दोहरे इंडक्सेशन की वजह से लागत मूल्य बढ़ जाता है। साल 2007-08 में लागत महँगाई सूचकांक का अंक 551 था। बिक्री का वर्ष 2009-10 है और इस साल सूचकांक 632 था। इसीलिए कर की गणना की लागत 57,350 रुपए होगी। बिक्री का मूल्य 59 हजार रुपए है और दीर्घावधि का पूँजीगत लाभ कर 1,650 रुपए की राशि पर लगाया जाएगा।

इस राशि पर 20 प्रतिशत का कर देना होता है। इसलिए लाभ महत्त्वपूर्ण होने के बावजूद लागत महँगाई की वजह से इसकी बचत हो गई। दोहरे इंडक्सेशन के बाद पूरी राशि कर-मुक्त हो जाती है।

□

27

शरिया फंड

- शरिया 'कुरान' की शिक्षाओं पर आधारित इसलामी विहित कानून को संदर्भित करता है, जिसके अंतर्गत मुसलमानों के लिए वित्तीय और वाणिज्यिक गतिविधियों के संदर्भ में स्पष्ट रूप से संरचना का समावेश किया गया है।

  जहाँ एक ओर शरिया कानून में व्यापार और निवेश को तवज्जो दी गई है, वहीं दूसरी ओर शरिया निवेश नियम शराब, जुआ, अश्लीलता, गर्भपात, मानव प्रतिरूपण, हिफाजत, पारंपरिक बैंक या बीमा कंपनियाँ और मनोरंजन के ज्यादातर रूपों को प्रतिबंधित करता है। सुअर के मांस से संबंधित उद्योगों के लिए भी इसमें कोई जगह नहीं है। मार्च 2009 में बेंचमार्क म्यूचुअल फंड ने शरिया बी.ई.ई.एस. नामक एक एक्सचेंज ट्रेडेड फंड को बाजार में उतारा। यह एक निष्क्रिय रूप से प्रबंधित फंड है, जो कि उन प्रतिभूतियों में निवेश करता है, जिससे एस. एंड पी. सी.एन.एक्स. निफ्टी शरिया सूचकांक का एक समान पैमाने में निर्माण करता है। कोई ऐसा निवेशक, जो निम्न जोखिम निवेश को तत्पर है, उसके लिए निष्क्रिय रूप से प्रबंधित किए जानेवाला यह फंड एक अच्छा विकल्प है, जो कि बाजार को दोहरा सकेगा और एस. एंड पी. सी.एन.एक्स. निफ्टी शरिया सूचकांक का प्रतिनिधित्व करनेवाली प्रतिभूतियों के प्रतिरूप के काफी करीब संगत प्रतिफल प्रदान करता है। वहीं दूसरी ओर टोरस एथिकल एक

सक्रिय रूप से प्रबंधित डायवर्सिफाइड इक्विटी फंड है, जिसने मार्च 2009 में बाजार में दस्तक दी। शरिया के सिद्धांतों का पालन करनेवाले शेयरों का एस. एंड पी. सी.एन.एक्स. 500 शरिया सूचकांक के खंड से चयनित किया गया है। जैसाकि दोनों फंड इक्विटी योजनाएँ हैं, इनमें से अर्जित होने वाली कोई भी दीर्घावधि पूँजी आय (एल.टी.सी.जी.) कर-मुक्त है, वहीं अल्पावधि पूँजी आय (एस.टी.सी.जी.) पर 16.99 फीसदी की दर से कर वसूला जाएगा। दोनों फंड कर बचत (टैक्स सेविंग) योजना के अंतर्गत नहीं आते हैं। आय कर अधिनियम की धारा 80 सी के तहत कर रियायत की सुविधा का लाभ उठाने के लिए आपको इक्विटी लिंक्ड सेविंग स्कीम (ई.एल.एस.एस.) में निवेश करना पड़ेगा।

- **मेरी माँ वरिष्ठ नागरिक हैं। वह लगभग 1 लाख रुपए का निवेश मासिक आय योजना (मंथली इन्कम स्कीम) में करना चाहती हैं। वह आय को बढ़ाने के लिए थोड़ा-बहुत जोखिम उठा सकती हैं, लेकिन पूँजी का नुकसान झेलना मुश्किल है। इसे देखते हुए कुछ योजनाओं के बारे में सुझाव दें। प्रतिफल के लिए लक्ष्य लगभग 12 फीसदी का है।**

  मासिक आय योजना (एम.आई.पी.) डेट फंडों के वर्ग में आती है। इनमें निवेश का जोखिम भी रहता है। एम.आई.पी. का उद्देश्य लगभग 80 फीसदी निवेश ऋण साधनों में करते हुए मासिक आय देना होता है; लेकिन इनमें प्रतिफल न तो तय होता है, न ही सुनिश्चित होता है। आपकी माँ वरिष्ठ नागरिक हैं और उनका मुख्य लक्ष्य पूँजी की सुरक्षा है। ऐसे में आप उन्हें एम.आई.पी. की बजाय वरिष्ठ नागरिक बचत योजना में निवेश करने के लिए कहें। 5 वर्षों की तय अवधि के साथ यह उन्हें 9 फीसदी सालाना की दर से प्रतिफल देगा, जिसकी गणना तिमाही आधार पर की जाती है।

- **कृपया मुझे एस.आई.पी. के जरिए म्यूचुअल फंड निवेश के बारे में बताएँ। मैं करीब 5 वर्षों के लिए 10 हजार रुपए प्रतिमाह का**

निवेश करना चाहता हूँ।

एस.आई.पी. निवेशक को योजनाबद्ध तरीके से एक तय रकम नियमित रूप से निवेश करने की अनुमति देती है। यह लागत औसत की सुविधा प्रदान करती है। यानी कि लंबी अवधि तक म्यूचुअल फंड यूनिटों की खरीदारी करने से स्वत: ही आप जब कीमतें कम रहती हैं, अधिक यूनिट की खरीदारी कर लेते हैं और कीमतों के अधिक होने पर थोड़ी कम मात्रा में खरीदारी करते हैं। इससे प्रति यूनिट लागत औसत कम हो जाता है, जिससे आपके निवेश में अनियमितता का खतरा कम हो जाता है। शेयर बाजार से जुड़ी अनिश्चितता कम होने के साथ 5 वर्षों के लिए इक्विटी उचित प्रतिफल दे सकेंगे। उदाहरण के लिए आप एच.डी.एफ.सी. टॉप-200, डी.एस.पी.बी.आर. इक्विटी या पैगनम कॉण्ट्रा जैसे दो-तीन फंडों को चुन सकते हैं।

- **मैं शेयर बाजार में खरीद-फरोख्त करना चाहता हूँ, पर मुझे लंबे समय के लिए पैसा लगाना है। इसलिए कैपिटल गेन टैक्स के बारे में समझना चाह रहा हूँ। कृपया जानकारी दें।**

एक साल से ज्यादा समय तक रखे गए शेयर पर जो कैपिटल गेन मिलता है, वह लंबी अवधि का कैपिटल गेन कहलाता है। इस पर टैक्स नहीं लगता है। जबकि एक साल से कम अवधि पर यह शॉर्ट टर्म कैपिटल गेन माना जाता है, जिस पर 15 फीसदी टैक्स लगता है।

निवेशकों के लिए यह दर फायदेमंद नहीं है। ऐसे में निवेशकों को यह सुनिश्चित कर लेना चाहिए कि कैपिटल गेन को लंबी अवधि में बदल लें, ताकि टैक्स नहीं देना पड़े। इसके लिए निवेशकों को एन.एस.ई. और बी.एस.ई. में कारोबार करना पड़ता है। अपने शेयरों की बिक्री पर मिलनेवाले इस फायदे को अगर निवेशक उठाना चाहता है तो इन्हीं दोनों स्टॉक एक्सचेंज के माध्यम से उसे कारोबार करना जरूरी है। दूसरी महत्त्वपूर्ण शर्त यह है कि निवेशक ने भले ही शेयरों की खरीदारी कहीं और से की हो, लेकिन अगर शेयरों को बेचने की

बारी आए तो उन्हें इन्हीं दोनों एक्सचेंज के माध्यम से बेचना होगा। तभी इस दर का फायदा मिलेगा।

- **शेयर निवेश के संबंध में मार्गदर्शन करें। मैं शेयर बाजार में निवेश करना चाहता हूँ।**

शेयर बाजार को लेकर आम लोगों में यही धारणा रहती है कि यहाँ उनकी ही दाल गल पाती है, जो इस पर हमेशा नजर रखते हैं या जिन्हें इसके बारे में अच्छी-खासी जानकारी हो, या फिर इस बाजार में ज्यादा दिन तक टिके रहना घाटे का सौदा हो सकता है। शेयर ब्रोकर, वित्तीय सलाहकार ब्रोकरेज कंपनी के शेयर विश्लेषक और टी.वी. चैनल के कथित विशेषज्ञ एंकर भी आपको अकसर सही सलाह देंगे कि लंबे समय तक निवेश करना फायदेमंद नहीं होगा। उनकी तो यही सलाह होती है कि हमेशा अपने शेयरों के पोर्टफोलियो में बदलाव करते रहें और इसी आधार पर शेयर बाजार में सक्रिय होकर खरीदारी करते रहें, तभी आपको मन मुताबिक फायदा होता रहेगा। ये सभी ऐसे लोग हैं, जो चाहते हैं कि आप टी.वी. पर चलनेवाले स्क्रॉल (स्क्रीन के निचले हिस्से में चलनेवाली पट्टी) पर लगातार नजर गड़ाए रखें। साथ ही शेयर बाजार के गिरते-चढ़ते भाव पर हमेशा सतर्क रहें, भले ही यह गिरावट या उछाल कुछ ही अंकों की क्यों न हो! उनका मानना है कि बाजार में पैसा बनाने का सबसे बड़ा हथियार समय ही है। इसलिए सही समय पर ध्यान देना जरूरी है। यहाँ यह समझना बहुत आसान है कि आखिर उनकी जल्दबाजी की वजह क्या है! वे आपको लंबी अवधि के लिए निवेश के बारे में गफलत में रखते हैं; लेकिन यह आपके लिए बहुत बड़ी भूल साबित हो सकती है।

शेयर बाजार से पैसा बनाने का सबसे अच्छा तरीका यही है कि आप उन कंपनियों के शेयर खरीदें, जिनका प्रदर्शन सैद्धांतिक रूप से संतुलित है और जिसका कारोबार बढ़ता जा रहा है। साथ ही कम समय के लिए खरीदारी की बजाय लंबी अवधि के लिए निवेश करें। ध्यान रखें कि उन कंपनियों का प्रबंधन साफ-सुथरा हो और शेयरधारकों

के साथ उनका दोस्ताना रवैया हो। इस तरह के पैसा बनानेवालों में सबसे बड़ा उदाहरण वारेन बफेट का है। मौजूदा समय में वे दुनिया के सबसे बड़े निवेशक हैं। उन्होंने कभी भी निवेश के मामले में आक्रामक तरीका इस्तेमाल नहीं किया और हमेशा लंबे समय के लिए निवेश करना बेहतर समझा। अभी उनकी परिसंपत्ति 150 अरब डॉलर से ज्यादा है। उन्होंने बहुत कम पैसे से निवेश करना शुरू किया था और धीरे-धीरे 52 साल बाद इतनी पूँजी जमा की। एक निवेशक हमेशा कंपनी के प्रदर्शन के हिसाब से निवेश करता है और शेयरों की खरीद-बिक्री जल्दी-जल्दी नहीं करता।

- **मैं एकमुश्त राशि का निवेश करना चाहता हूँ और डेट फंड एक साथ में जितना प्रतिफल देते हैं, उससे ज्यादा की अपेक्षा कर रहा हूँ। मैं थोड़ा-बहुत जोखिम लेने के पक्ष में भी हूँ। अधिकतम 10 फीसदी पूँजी का नुकसान। क्या मासिक आय योजनाएँ (एम.आई.पी. – ग्रोथ विकल्प) मेरे उद्देश्य की पूर्ति कर सकेंगी? यदि ऐसा नहीं है तो अन्य विकल्पों के बारे में सुझाव दें।**

  एम.आई.पी. अपने पोर्टफोलियो का करीब 10-20 फीसदी इक्विटी में निवेश करते हैं। इक्विटी में निवेश उन्हें बाजार में तेजी के समय शुद्ध डेट फंडों की अपेक्षा बेहतर प्रदर्शन करने में मदद करते हैं। डेट फंडों की अपेक्षा अधिक आय हासिल करने की इच्छा और कुछ नुकसान सहने की तैयारी को देखते हुए आप एम.आई.पी. में निवेश के बारे में सोच सकते हैं। हालाँकि अपनी सारी रकम एक ही बार में निवेश न करें, बल्कि योजनाबद्ध तरीके से निवेश करें।

  इसके अलावा आप ऑर्बिट्राज फंडों पर भी दाँव लगा सकते हैं, क्योंकि वे डेट फंडों की तरह ही प्रतिफल देते हैं, लेकिन एम.आई.पी. और डेट फंडों दोनों की तुलना में काफी कर सुविधा-युक्त होते हैं।

- **मैं निजी क्षेत्र की कंपनी में नौकरी कर रहा हूँ और खुद का एक मकान खरीदना चाहता हूँ। मैं करीब 20 लाख रुपए की**

कीमतवाले घर की खरीदारी के लिए म्यूचुअल फंडों में निवेश करना चाहता हूँ। मैं अच्छा प्रतिफल चाहता हूँ, जो 12 फीसदी तक हो सके, ताकि मैं 6 महीने में घर की बुकिंग कर सकूँ। मेरे पास निवेश के लिए करीब 4 लाख रुपए हैं। मुझे 6 महीने के लिए कहाँ निवेश करना चाहिए?

म्यूचुअल फंडों में निवेश अल्पावधि के लिए नहीं होते हैं। महज 6 महीने के लिए तो आपको अपनी रकम को बैंक सावधि जमाओं में रखनी चाहिए। म्यूचुअल फंडों से बिलकुल भिन्न बैंक जमाएँ आपकी पूँजी की सुरक्षा को सुनिश्चित करती हैं और तयशुदा निश्चित प्रतिफल प्रदान करती हैं। मसलन, पूँजी नुकसान या हानि उठाने का मौका न लें।

□

28

शेयर शब्दावली

(1) बुक वैल्यू क्या है

बुक वैल्यू की किसी भी कंपनी या वस्तु की वह कीमत होती है, जो एक खास समय पर उसे खुले बाजार में बेचने पर मिलेगी। मोटे तौर पर यह खरीद भाव में से डिप्रेशिएशन कीमत घटाकर प्राप्त हो सकती है। जैसे अगर आपने 5 लाख रुपए में एक कार खरीदी और अगर हर साल इसमें 15 फीसदी का डिप्रेशिएशन होता हो तो एक साल बाद इसकी बुक वैल्यू 4.25 लाख रुपए होगी। ब्रिटेन में बुक वैल्यू को ही कंपनी की नेट असेट वैल्यू भी कहा जाता है, जिसे कुल परिसंपत्ति में से पेटेंट और साख की कीमत घटाकर प्राप्त किया जाता है।

बुक वैल्यू ऑफ इक्विटी प्रति शेयर क्या है?

कंपनी के शेयर का जो न्यूनतम मूल्य होता है, उसे बुक वैल्यू ऑफ इक्विटी प्रति शेयर कहते हैं। दूसरे शब्दों में, किसी कंपनी के सामान्य शेयरों की कीमत में रिजर्व नकदी जमा को जोड़कर और लाभांश एवं शेयर बायबैक की मद में खर्च की गई रकम को घटाकर जो मूल्य प्राप्त होता है, उसे ही बी.वी.पी.एस. कहते हैं। बी.वी.पी.एस. किसी भी शेयर के वर्तमान मूल्य का अंदाजा तो देता है, लेकिन इससे उसके भविष्य की संभावनाओं का पता नहीं चलता है। इसलिए बी.वी.पी.एस. के आधार पर किसी भी शेयर का पक्का मूल्यांकन करना सही नहीं होता।

पी.बी.वी. क्या है?

किसी शेयर के बुक वैल्यू से उसके बाजार भाव की तुलना कर यह अनुमान लगाया जा सकता है कि वह शेयर अपने वास्तविक मूल्य की तुलना में कितना महँगा या सस्ता है। इसके लिए पी.बी.वी. अनुपात का सहारा लिया जाता है। मूल्य-आय अनुपात (पी.ई.) की ही तर्ज पर पी.बी.वी. यानी मूल्य और बुक वैल्यू के अनुपात से यह पता चलता है कि कोई शेयर अपने वास्तविक मूल्य के कितने गुने पर कारोबार कर रहा है।

रिटर्न ऑन असेट्स क्या है ?

कोई कंपनी अपनी निवेशित पूँजी पर कितना मुनाफा कमा पा रही है, इसका लेखा-जोखा ही 'रिटर्न ऑन असेट्स' कहलाता है। इससे एक तरह से उस कंपनी के प्रबंधन की योग्यता का पता चलता है। रिटर्न ऑन असेट्स जिस सेक्टर में कंपनी काम करती है, बहुत हद तक उस पर भी निर्भर करता है। इसलिए किसी कंपनी के रिटर्न ऑन असेट्स की जब तक उसी क्षेत्र की किसी दूसरी कंपनी से तुलना न की जाए, तब तक उसकी सही तसवीर मिल पाना कठिन होता है।

ज्यादा रिटर्न होने का मतलब यह है कि कंपनी कम निवेश पर ज्यादा मुनाफा कमाने में सक्षम है।

(2) शेयर ऑर्बिट्रज

दो अलग-अलग बाजार में किसी फाइनेंशियल प्रोडक्ट की कीमत के बीच में अंतर का फायदा उठाने की रणनीति ऑर्बिट्राज कहलाती है। इसमें ऑर्बिट्राज करने वाला व्यक्ति या संस्थान यानी ऑर्बिट्राजर एक बाजार में कम दाम पर उत्पाद खरीदकर तुरंत दूसरे बाजार में ऊँची कीमत पर बेचता है। माना कि कोई ऑर्बिट्राजर हाजिर बाजार में 10 रुपए की दर से किसी कंपनी के 100 शेयर खरीदता है और वायदा बाजार में 10.10 रुपए की दर से बेच देता है। इस सौदे में लेन-देन की लागत नहीं आती है, ऐसा

मान लिये जाने पर ऑर्बिट्राज करनेवाले को कुल 10 रुपए का लाभ होता है।

क्या हैं इसकी बुनियादी शर्तें ?

हर सामान की एक कीमत का सिद्धांत लागू होने पर ऑर्बिट्राज मुमकिन नहीं। यानी कि ऑर्बिट्राज का अवसर तभी बनेगा, जब कीमत में अंतर होगा। ऑर्बिट्राज के लिए प्रोडक्ट का किसी समय अलग-अलग भाव होना जरूरी है। ऑर्बिट्राज कई बार एक जैसे कैश फ्लो वाले अलग-अलग प्रोडक्ट का इस्तेमाल करते हैं। इस रणनीति से ये फाइनेंशियल प्रोडक्ट के हाजिर और वायदा बाजार में कीमत के बीच के अंतर का भी फायदा उठाते हैं। इसमें प्रोडक्ट का हाजिर भाव वायदा मूल्य और उसके कॉस्ट ऑफ कैरी से ज्यादा नहीं होना चाहिए।

कितने तरह के होते हैं ऑर्बिट्राज?

ऑर्बिट्राज करने के कई तरीके होते हैं, जैसे—मर्जर ऑर्बिट्राज, कन्वर्टिबल बॉण्ड ऑर्बिट्राज और रिवर्स ऑर्बिट्राज। मर्जर ऑर्बिट्राज में जिस कंपनी का अधिग्रहण होना है उसके शेयरों में तेजी और जो अधिग्रहण करने वाली है, उसमें मंदी का सौदा किया जाता है। इसमें ऑर्बिट्राजर अधिगृहित होनेवाली कंपनी के शेयरों के बाजार भाव और अधिग्रहण करनेवाली कंपनी के पेशकश मूल्य के बीच के अंतर यानी स्प्रेड में खेलता है। आमतौर पर फाइनेंशियल प्रोडक्ट का वायदा भाव हाजिर भाव से ज्यादा होता है, लेकिन कभी-कभार वायदा भाव हाजिर भाव से नीचे आ जाता है तो ऑर्बिट्राज को कमाई करने का मौका मिल जाता है। वे हाजिर बाजार में प्रोडक्ट को बेचकर उसे वायदा बाजार में खरीद लेते हैं। यह 'रिवर्स ऑर्बिट्राज' कहलाता है।

ऑर्बिट्राज में क्या जोखिम होते हैं ?

आमतौर पर ऑर्बिट्राज में जोखिम कम होता है; लेकिन कुछ घटनाएँ

नुकसान का खतरा बढ़ा सकती हैं। उदाहरण के लिए, कोई ऑर्बिट्राज मर्जर ऑर्बिट्राजर में पोजीशन लेता है, लेकिन विक्रय नहीं हो पाता है। ऐसे में ऑर्बिट्राजर का काफी बड़ा नुकसान हो सकता है। ऑर्बिट्राजर में एक एक्सचेंज से कम भाव पर शेयर खरीदकर दूसरे में ऊँचे दाम पर बेचा जाता है। लेकिन शेयरों की कीमत में अंतर काफी समय के लिए रहता है। अगर कोई निवेशक एक ही समय में खरीदारी और बिकवाली न करे तो उसे नुकसान होने का खतरा पैदा हो जाता है।

वर्तमान स्थिति क्या है?

हाल के दिनों में निवेशक उन फाइनेंशियल प्रोडक्ट में ज्यादा दिलचस्पी ले रहे हैं, जिनमें अर्थव्यवस्था और शेयर बाजार में अत्यधिक अनिश्चय की स्थिति होने से जोखिम अपेक्षाकृत कम है। कुछ समय से ऑर्बिट्राज फंड में भी अच्छा-खासा निवेश हो रहा है और वे बेहतर प्रदर्शन भी कर रहे हैं।

(3) ब्रोकर्स खिलाड़ी (Player)

शेयर बाजार में मध्यस्थों और संस्थागत ब्रोकरों को 'खिलाड़ी' (Player) के नाम से जाना जाता है। खिलाड़ी की श्रेणी में ब्रोकर, डीलर, बैंक, मर्चेंट बैंकर, म्यूचुअल फंड आदि आते हैं।

- **खुला आदेश (Open Order) :** अगर निवेशक ब्रोकर को लिवाली करने का निर्देश जारी करता है, लेकिन उस पर अमल नहीं हुआ है या वह सौदा रद्द नहीं हुआ है तो उसे 'खुला आदेश' कहा जाएगा।
- **खुली बोली (Open Bidding) :** जिस नीलामी में कोई भी आदमी बोली लगा सकता है, उसे 'खुली बोली' कहा जाता है।
- **ओपन इंडेड म्यूचुअल फंड (Open Ended Mutual Fund) :** इस तरह के म्यूचुअल फंड में कोई भी निवेशक किसी भी समय पैसा लगा सकता है। म्यूचुअल फंड की यूनिट का एन.ए.वी.

(बाजार भाव) अखबारों में प्रकाशित होता रहता है और परिपक्वता अवधि निश्चित नहीं होती।

- **खुलते समय का आदेश (At the Opening Order) :** अगर निवेशक अपने ब्रोकर को बाजार खुलते ही सौदा करने का निर्देश देता है तो उसे 'खुलते समय का आदेश' कहा जाता है।
- **ओवर नाइट लोन (Over Night Loan) :** बैंक द्वारा सिर्फ रात भर के लिए दिया गया लोन 'ओवर नाइट लोन' कहलाता है। यह लोन सुबह बैंक को वापस मिल जाता है।
- **गन जंपिंग (Gun Jumping) :** कंपनी से संबंधित किसी भी सूचना के आम लोगों तक पहुँचने से पहले ही उसके शेयरों में खरीद-फरोख्त होने लगती है तो उसे 'गन जंपिंग' कहा जाता है।
- **हॉट मनी (Hot Money) :** वह रकम, जिसे अकसर तेजी से एक देश से निकालकर दूसरे देश में निवेश किया जाता है, 'हॉट मनी' कहलाती है। इस तरह के निवेश का एकमात्र मकसद इन देशों के बीच ब्याज दरों और विनिमय दरों में अंतर से मुनाफा कमाना होता है।
- **हॉट इश्यू (Hot Issue) :** अगर निवेशकों के बीच किसी पब्लिक इश्यू की भारी माँग है और अनधिकृत बाजार में प्रीमियम पर उसके बड़े सौदे हो रहे हैं तो उसे 'हॉट इश्यू' कहा जाता है।
- **खरीदो और रोको नीति (Buy and Hold Strategy) :** अगर कोई निवेशक दीर्घावधि पूँजी लाभ कमाने के मकसद से शेयर खरीदकर उसे लंबे समय तक अपने पास रखता है तो उसे 'खरीदो और रोको नीति' कहते हैं।

(4) मूल्य-आय (पी.ई.) अनुपात क्या है?

मूल्य-आय अनुपात का मतलब प्राइस अर्निंग (पी.ई.) अनुपात से है। यह दरअसल किसी भी शेयर का वैल्यूएशन जानने के लिए सबसे

प्राथमिक स्तर का मानक है। दूसरे शब्दों में, इसे इस तरह समझा जा सकता है कि यह अनुपात बताता है कि निवेशक किसी शेयर के लिए उसकी सालाना आय का कितना गुना खर्च करने के लिए तैयार है। सीधे शब्दों में, किसी शेयर का पी.ई. अनुपात दरअसल वर्षों की संख्या है, जिनमें शेयर का मूल्य लागत का दोगुना हो जाता है। जैसे अगर किसी शेयर का मूल्य किसी खास समय में 100 रुपए है और उसकी आय प्रति शेयर 5 रुपए है तो इसका मतलब यह है कि उसका पी.ई. अनुपात 20 होगा। यानी अगर सारी परिस्थितियाँ समान हों तो 100 रुपए के शेयर का दाम 20 साल में दोगुना हो जाएगा। यानी उस शेयर का पी.ई. अनुपात उस खास समय में 20 है।

किसी कंपनी के वैल्यूएशन में पी.ई. का क्या महत्त्व है?

पी.ई. हमें केवल यह बताता है कि बाजार किसी शेयर पर कितना बुलिश या सकारात्मक है। पी.ई. से अपने आप में कोई निष्कर्ष नहीं निकाला जा सकता। किसी भी नतीजे पर पहुँचने के लिए कुछ दूसरे पी.ई. अनुपातों से इसकी तुलना जरूरी होती है। पहला तो खुद उस कंपनी का पिछले 5-7 साल का ऐतिहासिक पी.ई.; दूसरा, उसी के क्षेत्र में काम करनेवाली दूसरी कंपनियों के पी.ई. अनुपात और तीसरा, बेंचमार्क सूचकांक जैसे सेंसेक्स का पी.ई. अनुपात। किसी कंपनी का पी.ई. बहुत ज्यादा होने से दो निष्कर्ष निकाले जा सकते हैं–पहला, कंपनी को उसके सही मूल्य से बहुत ज्यादा भाव मिल रहा है और इसलिए शेयर महँगा है; दूसरा, बाजार को यह पता है कि आनेवाले दिनों में इस कंपनी की वृद्धि दर काफी अधिक रहने वाली है और इसलिए उसके लिए ऊँचे भाव पर भी बोली लगाई जा रही है।

ट्रेलिंग पी.ई. और अनुमानित पी.ई. क्या है?

ट्रेलिंग पी.ई. किसी शेयर की कीमत और पिछले 12 महीनों की

उसकी आय के अनुपात को कहते हैं। इसी तरह अनुमानित पी.ई. अगले 12 महीने की अनुमानित आय प्रति शेयर के आधार पर निकाला जाता है।

पी.ई. से किसी शेयर की सही कीमत कैसे तय करें?

अकसर किसी कंपनी के लिए सारी परिस्थितियाँ समान नहीं होतीं। कंपनी की आय हर साल या तो बढ़ती है या घटती है। इसके अलावा कंपनी अगर एफ.पी.ओ. के जरिए नए शेयर बाजार में लाती है तो उससे शेयरों की कुल संख्या में भी बढ़ोतरी होती है। इन सभी का उसकी आय प्रति शेयर पर असर पड़ता है। अगर किसी कंपनी का ऐतिहासिक पी.ई. पिछले पाँच साल में 30 रहा हो और एकाएक बाजार की गिरावट के कारण वह 20 के पी.ई. पर मिल रहा हो तो वह शेयर सस्ता कहा जाएगा। लेकिन अगर वह कंपनी इन्फोसिस हो, जिसकी आय पर अमेरिका में संभावित मंदी के कारण असमंजस का माहौल बना हो, तो फिर एक नजर में आप 20 के पी.ई. को सस्ता नहीं कह सकते।

(5) डिविडेंड : दाईं जेब का पैसा बाईं में

हमारे यहाँ मुफ्त की चीज को ज्यादा तवज्जो दी जाती है। मुफ्त में कुछ भी मिले, उसे पाने के लिए लोग लालायित नजर आने लगते हैं। ऐसा ही कुछ होता है म्यूचुअल फंड की डिविडेंड स्कीमों में। कंपनियाँ डिविडेंड को लेकर आपको कुछ भ्रमित करती हैं। निवेशक इसको समझ नहीं पाते हैं।

क्या करती हैं कंपनियाँ

डिविडेंड की बातें निवेशकों को लुभावनी लगती हैं। निवेशकों को लगता है कि फंड के डिविडेंड से उनकी जेब भारी हो जाएगी। लोग समझते हैं कि अगर इन्फोसिस डिविडेंड देती है तो कंपनी अपनी जेब का पैसा आपकी जेब में डाल देती है। वह खुद गरीब बनकर आपको धनवान् बनाने की कोशिश करती है। पर क्या वाकई ऐसा होता है? शायद नहीं। इन फंडों

में कंपनियाँ आपकी दाईं जेब का पैसा आपकी बाईं जेब में डालने के सिवा कुछ नहीं करती हैं। वास्तव में डिविडेंड देने के बाद ये कंपनियाँ न गरीब बनती हैं और न ही आप डिविडेंड पाकर धनवान् बन जाते हैं। यह आपका ही पैसा होता है, जो दोबारा आपके हाथों में आता है। दूसरे शब्दों में कहें तो आपके निवेश की कीमत गिरकर डिविडेंड के रूप में बढ़ती है।

म्यूचुअल फंड : भ्रम से बचें

एक समय था, जब हमारे यहाँ म्यूचुअल फंड निवेश के तौर पर सिर्फ यू.टी.आई. की यूनिट-64 स्कीम ही थी। सन् 1987 में पहली बार गैर यू.टी.आई. फंड के रूप में स्टेट बैंक ऑफ इंडिया का एस.बी.आई. म्यूचुअल फंड आया। इसमें निजी क्षेत्र पहली बार वर्ष 1993 में आया। मौजूदा समय में म्यूचुअल फंड का आकार 4,85,000 करोड़ रुपए का हो गया है। इतना होने के बाद अभी भी म्यूचुअल फंड एक मिस अंडरस्टूड निवेश का विकल्प बना हुआ है। निवेशक आमतौर पर गलत धारणा के शिकार रहते हैं। दरअसल कंपनियाँ एक के बाद जब दूसरा फंड लॉञ्च करती हैं, तब वे खुद ऐसी गलत धारणाएँ पैदा करती हैं। वितरकों को सिर्फ फंड को बेचने से मतलब होता है। इस पूरी कवायद में तगड़ी विज्ञापनबाजी और वितरकों को ज्यादा कमीशन के बीच निवेशक मुनाफे के दायरे पर ध्यान नहीं दे पाते। वे डिविडेंड आदि में उलझे रहते हैं।

सभी लेन-देन के लिए फोलियो नंबर एक रखें

हमारे यहाँ तरह-तरह के नंबर रखने का चलन है। बैंक खाते का नंबर, पासवर्ड, पैन, टैक्स डिडक्शन नंबर, कलेक्शन एकाउंट नंबर, कस्टमर आइडेंटिफिकेशन नंबर और म्यूचुअल फंड फोलियो नंबर आदि अलग-अलग होते हैं। हालाँकि इसमें कुछ कारोबारी मजबूरी भी हैं। फिर भी एक नंबर आपको नहीं बदलना चाहिए। ये है म्यूचुअल फंड का फ़ोलियो नंबर। फोलियो नंबर को बदलने से आपको मुश्किल हो सकती है। इसलिए

फोलियो नंबर आप न बदलें। वह भी ऐसी स्थिति में जब आप किसी एक फंड हाउस की अलग-अलग स्कीमों में निवेश कर रहे हों, तब तो इसे एक जैसा ही रखें। वास्तव में म्यूचुअल फंड के सभी लेन-देन के लिए फोलियो नंबर एक ही रखना चाहिए।

ए.एम.सी. से मिलता है नंबर

कोई भी असेट मैनेजमेंट कंपनी (ए.एम.सी.) ही निवेशकों को फोलियो नंबर आवंटित करती है। ये नंबर हर एक फंड हाउस के लिए खास होता है। जब आप पहली बार किसी म्यूचुअल फंड में निवेश करते हैं तो फंड हाउस आपको यह नंबर अलॉट करता है। यह हर म्यूचुअल फंड के लिए अलग-अलग होता है। एक ही नंबर आप सभी फंड हाउस के लिए नहीं रख सकते। हाँ, एक फंड हाउस से जारी किए गए नंबर को आप उस फंड हाउस में किए जानेवाले किसी दूसरे निवेश के दौरान इस्तेमाल कर सकते हैं। इसका फायदा यह होगा कि उस फंड हाउस में आप जब भी सौदा करेंगे तो आपको फोलियो नंबर को याद करने में ज्यादा दिक्कत नहीं होगी।

क्यों रखे जाते हैं ज्यादा नंबर

लोग निवेश करते समय अपने मौजूदा नंबर का इस्तेमाल बहुत कम करते हैं, भले ही उनको फोलियो नंबर अलॉट किया जा चुका हो। जबकि होना यह चाहिए कि अगर आप किसी पुराने फंड हाउस में निवेश कर रहे हों तो पुराने फोलियो नंबर का ही इस्तेमाल करें। इस नंबर को आप म्यूचुअल फंड के आवेदन-पत्र के निश्चित खाते में ठीक से भरें। इससे आप बहुत सारे नंबर रखने से बच सकते हैं। आपको कई खातों की बड़ी-बड़ी संख्याएँ नोट करके रखने की जरूरत नहीं रहेगी। भविष्य में किए जानेवाले किसी लेन-देन में सिंगल फोलियो नंबर मदद करता है। इसका एक और फायदा यह होगा कि किसी खास स्कीम में कोई अतिरिक्त फंड

खरीदने पर भी इस नंबर का इस्तेमाल किया जा सकता है। फंड आदि की बिक्री के दौरान तो यह और भी महत्त्वपूर्ण हो जाता है। अगर आप किसी फंड को बेचने के लिए दो अलग-अलग आवेदन देते हैं तो यह नंबर आपकी बहुत मदद करता है।

(6) बाजार कुछ प्रचलित शब्द

- **मुद्रा का विनिमय मूल्य** (Exchange value of Money) : जब देश की प्रचलित मुद्रा का मूल्य किसी विदेशी मुद्रा के साथ निर्धारित किया जाता है, ताकि मुद्रा की अदला-बदली की जा सके तो इस मूल्य को 'मुद्रा का विनिमय मूल्य' कहा जाता है। वह मूल्य दोनों देशों की मुद्राओं की आंतरिक क्रय-शक्ति पर निर्भर करता है।
- **मुद्रास्फीति** (Money inflation) : मुद्रास्फीति वह स्थिति है, जिसमें मुद्रा का आंतरिक मूल्य गिरता है और वस्तुओं के मूल्य बढ़ते हैं। यानी मुद्रा तथा साख की पूर्ति और उसका प्रसार अधिक हो जाता है। इसे मुद्रा-प्रसार या मुद्रा का फैलाव भी कहा जाता है।
- **मुद्रा अवमूल्यन** (Money Devalution) : यह कार्य सरकार द्वारा किया जाता है। इस क्रिया से मुद्रा का केवल बाह्य मूल्य कम होता है। जब देशी मुद्रा की विनिमय दर विदेशी मुद्रा के अनुपात में अपेक्षाकृत कम कर दी जाती है तो इस स्थिति को 'मुद्रा का अवमूल्यन' कहा जाता है।
- **रेंगती हुई मुद्रास्फीति** (Creeping inflation) : मुद्रास्फीति का यह नरम रूप है। यदि अर्थव्यवस्था में मूल्यों में अत्यंत धीमी गति में वृद्धि होती है तो इसे 'रेंगती हुई मुद्रास्फीति' कहते हैं। अर्थशास्त्री इस श्रेणी में 1 फीसदी से 3 फीसदी तक सालाना वृद्धि को रखते हैं। वह स्थिति अर्थव्यवस्था को जड़ता से बचाती है।
- **रिकॉर्ड तारीख** (Record Date) : बोनस शेयर, राइट शेयर या लाभांश आदि घोषित करने के लिए कंपनी एक ऐसी तारीख की

घोषणा करती है, जिस तारीख से रजिस्टर बंद हो जाएँगे। इस घोषित तारीख तक कंपनी के रजिस्टर में अंकित प्रतिभूति धारक ही वास्तव में धारक माने जाते हैं। इस तारीख को ही 'रिकॉर्ड तारीख' माना जाता है।

- **रिफंड ऑर्डर (Refund Order) :** यदि किसी शेयर आवेदन-पत्र पर शेयर आवंटन की कार्यवाही नहीं होती तो कंपनी को आवेदन-पत्र के साथ संपूर्ण रकम वापस करनी होती है। रकम वापसी के लिए कंपनी जो प्रपत्र भेजती है, उसे 'रिफ़ंड ऑर्डर' कहा जाता है। रिफंड ऑर्डर चेक, ड्राफ्ट या बैंकर चेक के रूप में होता है तथा जारीकर्ता बैंक की स्थानीय शाखा में सामान्यतः सममूल्य पर भुनाए जाते हैं।
- **लाभांश (Dividend) :** विभाजन योग्य लाभों का वह हिस्सा, जो शेयर-धारकों के बीच वितरित किया जाता है, 'लाभांश' कहा जाता है। यह कर युक्त और कर—मुक्त दोनों हो सकता है। यह शेयरधारकों की आय है।
- **लाभांश दर (Dividend Rate) :** कंपनी के एक शेयर पर दी जानेवाली लाभांश की राशि को यदि शेयर के अंकित मूल्य के साथ व्यक्त किया जाए तो इसे 'लाभांश दर' कहा जाता है। इसे अमूमन फीसदी में व्यक्त किया जाता है।
- **लाभांश प्रतिभूतियाँ (Dividend Securities) :** जिन प्रतिभूतियों पर प्रतिफल के रूप में निवेशक को लाभांश मिलता है, उन्हें 'लाभांश वाली प्रतिभूतियाँ' कहा जाता है; जैसे—समता शेयर, पूर्वाधिकारी शेयर।
- **शून्य ब्याज ऋणपत्र (Zero Rated Debenture) :** इस श्रेणी के डिबेंचरों या बॉण्डों पर सीधे ब्याज़ नहीं दिया जाता, बल्कि इन्हें जारी करते वक्त कटौती मूल्य पर बेचा जाता है और परिपक्व होने पर पूर्ण मूल्य पर शोधित किया जाता है। जारी करने के लिए निर्धारित कटौती मूल्य के अंतर को ही ब्याज मान लिया जाता है।

(7) क्या है प्राइमरी और सेकंडरी मार्केट का फंडा?

शेयरों की खरीद-फरोख्त के दौरान अकसर प्राइमरी और सेकंडरी मार्केट जैसी टर्म्स सुनने में आती हैं। क्या हैं प्राइमरी और सेकंडरी मार्केट, आइए जानें!

जब कोई कंपनी अपनी जरूरतों को पूरा करने के लिए नए शेयर या डिबेंचर जारी करके सीधे निवेशकों से धन की उगाही करती है तो कहा जाता है कि कंपनी प्राइमरी मार्केट से पैसा उगाह रही है या शेयरों की बिक्री प्राइमरी मार्केट के तहत हो रही है। जब कंपनी अपने इनीशियल पब्लिक ऑफर (आई.पी.ओ.) को बाजार में लाकर नए शेयर या डिबेंचर जारी करती है तो कहा जाता है कि प्राइमरी मार्केट से पैसा उगाहा जा रहा है।

आई.पी.ओ. के बाद भी कोई कंपनी नए शेयर जारी करके प्राइमरी मार्केट से पैसा उठा सकती है। प्राइमरी मार्केट में एक बार जब कोई कंपनी आई.पी.ओ. या पब्लिक इश्यू ले आती है तो उसके बाद शेयर स्टॉक एक्सचेंज में सूचीबद्ध हो जाते हैं और उनकी खरीद-फरोख्त स्टॉक एक्सचेंज के माध्यम से होती है।

जहाँ प्राइमरी मार्केट में कंपनी बिना स्टॉक एक्सचेंज के माध्यम से शेयर बेचती है और निवेशक शेयर खरीदते हैं, वहीं सेकंडरी मार्केट में संस्थागत और रिटेल निवेशक आपस में शेयरों को खरीदते-बेचते हैं। यानी सेकंडरी मार्केट में शेयरों की खरीद-फरोख्त स्टॉक एक्सचेंज के माध्यम से होती है, जबकि प्राइमरी मार्केट में कंपनी सीधे अपने शेयर निवेशकों को बेचती है।

(8) ब्रेकआउट क्या है?

जब किसी शेयर का भाव ट्रेंड लाइन को ऊपर या नीचे की ओर तोड़ता है तो उसे ब्रेकआउट कहते हैं। ट्रेंड लाइन को ऊपर की ओर तोड़ने पर यह पॉजिटिव ब्रेकआउट कहलाता है और नीचे की ओर तोड़ने पर उसे नेगेटिव ब्रेकआउट कहते हैं।

ब्रेकआउट का इस्तेमाल आमतौर पर अपने वर्तमान सौदे काटने के लिए और उलटी पोजीशन बनाने के लिए किया जाता है। जैसे अगर एक ट्रेडर ने रिलायंस में तेजी का सौदा किया है और किसी खास भाव पर उसमें नेगेटिव ब्रेकआउट आए तो यह संकेत है कि ट्रेडर को तेजी का अपना सौदा पलटकर मंदी का सौदा कर लेना चाहिए। इसके उलट अगर ट्रेडर ने मंदी का सौदा कर रखा है तो जैसे ही पॉजिटिव ब्रेकआउट हो, उसे अपना सौदा कवर कर तेजी का सौदा कर लेना चाहिए।

फॉल्स ब्रेकआउट की पहचान क्या है?

बहुत बार पॉजिटिव ब्रेकआउट आने के बाद शेयर वापस ट्रेंड लाइन के नीचे लौट जाता है। इसी तरह नेगेटिव ब्रेकआउट भी कई बार गलत साबित होता है। इस तरह के ब्रेकआउट को 'फॉल्स ब्रेकआउट' कहते हैं।

फॉल्स ब्रेकआउट से बचने के लिए ट्रेडरों को चाहिए कि जैसे ही वे ब्रेकआउट के कारण कोई सौदा करें, वैसे ही ब्रेकआउट के स्तर को अपना स्टॉपलेस बना लें। वैसे फॉल्स ब्रेकआउट को पहचानने के लिए वॉल्यूम पर ध्यान देना बहुत जरूरी है। सही ब्रेकआउट में आमतौर पर शेयर का वॉल्यूम उसके औसत वॉल्यूम से काफी ज्यादा होता है। बगैर वॉल्यूम के आए ब्रेकआउट ज्यादातर फॉल्स होते हैं।

त्रिभुज फॉर्मेशन क्या होता है?

जब किसी शेयर की कीमत लगातार लोअर टॉप और हायर बॉटम बनाती है तो इसका ट्रेंड लाइन एक त्रिभुज के आकार का हो जाता है। इसमें ऊपर या नीचे किसी भी तरह ब्रेकआउट आने की संभावना होती है। यह जरूर है कि किसी भी तरफ आनेवाला ब्रेकआउट जोरदार होता है। लेकिन ब्रेकआउट के सही होने के लिए जरूरी है कि वह त्रिभुज की लंबाई के दो-तिहाई हिस्से के अंदर ही आए। अगर यह आखिरी के एक-तिहाई हिस्से से आता है तो इसे सही ब्रेकआउट नहीं माना जाता।

(9) बोनस इश्यू क्या होता है?

जब कंपनियों के पास नकद रिजर्व बहुत ज्यादा हो जाता है तो कंपनियाँ बोनस इश्यू जारी करती हैं। इससे कंपनी डिविडेंड के तौर पर अपने शेयरधारकों को ज्यादा रकम देती है। दूसरे शब्दों में, कंपनी के नकद रिजर्व का बड़ा हिस्सा कंपनी के बही-खाते से निकलकर प्रमोटर के निजी खाते में आ जाता है, क्योंकि कंपनी का सबसे बड़ा शेयरधारक अमूमन उसका प्रमोटर ही होता है।

कंपनियाँ क्यों जारी करती हैं बोनस इश्यू?

जब शेयरधारकों को अपने पास मौजूद शेयरों के एक खास अनुपात में मुफ्त शेयर मिलते हैं तो उसे 'बोनस इश्यू' कहते हैं। जैसे अगर कोई कंपनी 2:5 का बोनस जारी करती है तो इसका मतलब आपके पास मौजूद हर 5 शेयर पर आपको 2 मुफ्त शेयर मिलेंगे।

क्या फर्क पड़ता है?

एक तरह से कुछ भी नहीं। आम धारणा है कि बोनस शेयरधारकों के लिए काफी फायदेमंद होता है, लेकिन अगर कीमत के लिहाज से देखा जाए, तो इसका कोई खास फर्क नहीं पड़ता। मान लें कि आपके पास 100 शेयर हैं और कंपनी ने एक पर 1 शेयर के बोनस की घोषणा की तो आपके पास कुल शेयरों की संख्या बढ़कर 200 हो गई। इसी तरह अगर बाजार में कंपनी के 1 करोड़ शेयर हैं तो उनकी संख्या 2 करोड़ हो जाएगी। लेकिन इसी अनुपात में कंपनी की बाजार पूँजी में बढ़त नहीं हो सकती।

इसलिए एक्स-बोनस यानी बोनस शेयरों के बाजार में आने के साथ ही सैद्धांतिक रूप से शेयरों के भाव गिरकर आधे हो जाते हैं। यह अलग बात है कि व्यावहारिक तौर पर भाव बिलकुल आधे नहीं होते, बल्कि उसके आस-पास होते हैं। इसका कोई ठोस या बुनियादी कारण नहीं बताया जा सकता। एक ओर तो बोनस जारी करनेवाली कंपनी के बारे में निवेशकों

की यह धारणा बनती है कि कंपनी नकद रिजर्व के मामले में बहुत मजबूत है और दूसरा लाभांश के तौर पर मिलनेवाली रकम दोगुनी हो जाती है। इन सबसे कंपनी के शेयरों की माँग बढ़ जाती है।

साथ ही बोनस के बाद चूँकि कंपनी के शेयरों की कीमत उसी अनुपात में कम हो जाती है तो उनका दैनिक कारोबार भी काफी बढ़ जाता है।

शेयर के फेस वैल्यू पर इसका क्या असर होता है?

बोनस के बाद कंपनी का फेस वैल्यू वही रहता है। दरअसल शेयर विभाजन यानी स्टॉक स्प्लिट और बोनस का मुख्य अंतर यही है कि बोनस में शेयर के दाम तो गिर जाते हैं, लेकिन उसके फेस वैल्यू में कोई बदलाव नहीं होता। दूसरी ओर स्प्लिट में फेस वैल्यू का भाव भी उसी अनुपात में कम हो जाता है।

(10) क्यू.आई.पी. क्या है?

क्यू. आई.पी. के तहत कोई भी सूचीबद्ध कंपनी अपने शेयर पूर्ण या आंशिक डिबेंचर्स या फिर वारंट से इतर प्रतिभूति जारी करती है। इन्हें बाद में शेयरों के तब्दील किया जा सकता है। लेकिन क्यू.आई.पी. केवल योग्य संस्थागत खरीदार यानी क्वालिफाइड इंस्टीट्यूशनल बायर (क्यू.आई.बी.) के लिए ही होता है।

क्यू.आई.पी. कुछ खास लोगों या समूह को शेयर देने का एक जरिया होता है। हालाँकि यह तरजीही शेयर देने के तरीके से अलग है। शेयर जारी करने की दूसरी विधियों के मुकाबले क्यू.आई.पी. आसान होता है। इसमें बहुत अधिक औपचारिकताएँ नहीं होतीं। इसे जारी करने के पहले सेबी को सूचना देनी पड़ती है।

इसकी शुरुआत क्यों हुई?

वर्ष 2006 में बाजार नियामक सेबी ने क्यू.आई.पी. पेश किया था।

इसके पहले सूचीबद्ध भारतीय कंपनियाँ विदेशी पूँजी पर बहुत अधिक निर्भर थीं। वास्तव में भारतीय कंपनियों को घरेलू बाजार से पूँजी जुटाने में कई दिक्कतें होती थीं। वे पैसे जुटाने के लिए विदेशी मुद्रा परिवर्तनीय बॉण्ड (एफ.सी.सी.बी.) और ग्लोबल डिपॉजिटरी रिसीट्स (जी.डी.आर.) पर निर्भर थीं। इस निर्भरता को कम करने या फिर रोकने के लिए सेबी ने क्यू.आई.पी. की पेशकश की।

क्यू.आई.पी. से संबंधित नियम क्या हैं?

क्यू.आई.पी. जारी करने के लिए कंपनी को कुछ कसौटियों पर खरा उतरना होता है। कंपनी का सूचीबद्ध होना इसकी पहली जरूरत है। दूसरा, कंपनी के शेयर आम निवेशकों के पास होने चाहिए। इसकी मात्रा सूचीबद्ध होने के दौरान होनेवाले समझौते में तय की जाती है। साथ ही कंपनी को क्यू.आई.पी. लाने के दौरान कम-से-कम 10 फीसदी प्रतिभूतियाँ म्यूचुअल फंड योजनाओं के तहत जारी करना पड़ता है। यदि इश्यू का आकार 250 करोड़ रुपए तक है तो खरीदारों की संख्या कम-से-कम 2 होनी चाहिए। यदि इश्यू का आकार 250 करोड़ रुपए से ज्यादा का है तो खरीदारों की संख्या 5 होनी चाहिए। कोई भी एक खरीदार इश्यू के मूल्य के 50 फीसदी से ज्यादा की खरीदारी नहीं कर सकता, साथ ही ऐसे किसी क्यू.आई.बी. को इश्यू आवंटित नहीं किया जा सकता, जो कंपनी के किसी भी प्रमोटर से संबंधित हो।

पिछले दिनों क्यू.आई.पी. चर्चा में क्यों रहा?

रियल एस्टेट कंपनी यूनिटेक ने क्यू.आई.पी. जारी किया था। यूनिटेक को पैसे की जरूरत थी। कंपनी ने क्यू.आई.पी. के जरिए 1,620 करोड़ रुपए जुटाए। कंपनी में प्रमोटरों की हिस्सेदारी घटकर 51 फीसदी हो गई।

(11) डुअल लिस्टिंग किसे कहते हैं?

डुअल लिस्टिंग उस प्रक्रिया को कहते हैं, जिसके तहत कोई कंपनी अलग-अलग देशों के स्टॉक एक्सचेंजों में खुद को सूचीबद्ध कराती है। जब दो देशों की दो कंपनियों के बीच कारोबार को लेकर समझौता होता है तो डुअल लिस्टिंग के जरिए दोनों ही देशों में इन कंपनियों के शेयर सूचीबद्ध बने रहते हैं। यहाँ महत्त्वपूर्ण बात यह है कि दोनों ही देशों के स्टॉक एक्सचेंजों में दोनों ही कंपनियों के शेयरों की खरीद-बिक्री की जा सकती है। दूसरे शब्दों में, यदि भारती एयरटेल और एम.टी.एन. के बीच होनेवाले सौदे में डुअल लिस्टिंग की शर्त शामिल होती है तो भारती के शेयरों की बिक्री जोहान्सबर्ग स्टॉक एक्सचेंज में की जा सकेगी, जबकि एम.टी.एन. के शेयर ट्रेडिंग के लिए घरेलू स्टॉक एक्सचेंज में उपलब्ध रहेंगे।

अभी कितनी कंपनियों में डुअल ट्रेडिंग होती है?

डुअल लिस्टिंग में कई जटिलताएँ हैं, जिसके चलते यह ज्यादा लोकप्रिय नहीं है। हालाँकि, डुअल लिस्टिंग के कई उदाहरण हैं। रॉयल डच शेल के शेयरों में इंग्लैंड और नीदरलैंड के शेयर बाजारों में ट्रेडिंग होती है। बी.एच.पी. बिलिटॉप के शेयरों में ऑस्ट्रेलिया और इंग्लैंड में ट्रेडिंग होती है। इसी तरह रिपो टिंटो ग्रुप के शेयर की ट्रेडिंग ऑस्ट्रेलिया और इंग्लैंड के बाजारों में होती है। यूनीलीपट के शेयरों की ट्रेडिंग इंग्लैंड और नीदरलैंड के बाजारों में होती है।

क्या भारत में डुअल लिस्टिंग की इजाजत है?

अभी भारत में डुअल लिस्टिंग की इजाजत नहीं है। इसके लिए देश के कंपनी कानून में बड़े संशोधन करने पड़ेंगे। इसके अलावा रुपए को पूर्ण परिवर्तनीय बनाना होगा। डुअल लिस्टिंग में कोई निवेशक एक देश में शेयरों को खरीदकर दूसरे देश में बेच सकता है। इसके लिए रुपए को पूर्ण परिवर्तनीय बनाना जरूरी है। विदेशी मुद्रा विनिमय अधिनियम (FEMA)

में भी संशोधन करना होगा। इसके अलावा रिजर्व बैंक की इजाजत के बगैर विदेशी मुद्रा में कारोबार करनेवाले शेयरों की ट्रेडिंग घरेलू बाजार में नहीं की जा सकती है।

(12) एफ.आई.आई.

शेयर बाजार की चाल पर विदेशी संस्थागत निवेशकों (एफ.आई.आई.) और फंड हाउस का बड़ा असर पड़ता है। एफ.आई.आई. जब बिकवाली करते हैं तो सूचकांक नीचे का रुख करता है और इनकी खरीदारी करने पर इसमें अच्छी बढ़त देखी जाती है। शेयर बाजार का नियामक सेबी रोजाना के आधार पर इक्विटी और डेट बाजार में एफ.आई.आई. के निवेश की जानकारी उपलब्ध कराता है। बाजार के खिलाड़ी इस जानकारी का इस्तेमाल एफ.आई.आई. के निवेश की दिशा आँकने के लिए करते हैं। इक्विटी बाजार पर एफ.आई.आई. का प्रभाव इतना मजबूत होता है कि घरेलू और फंड हाउस एफ.आई.आई. की दमदार चाल के आगे नहीं टिक पाते।

सूचकांक की चाल में एफ.आई.आई. की महत्त्वपूर्ण भूमिका को देखते हुए निवेशकों को भी घरेलू बाजार में इनके निवेश पर नजर रखनी चाहिए।

कौन होते हैं एफ.आई.आई.?

ये वे बड़े वित्तीय संस्थान या कंपनियाँ हैं, जो अपने मूल देश से अलग अन्य देशों के वित्तीय बाजारों में निवेश करते हैं। एफ.आई.आई. के निवेश की चाल काफी अनिश्चित होती है और इसी वजह से बाजार में इस निवेश को 'हॉट मनी' कहा जाता है।

एफ.आई.आई. की खरीदारी

क्या होता है जब एफ.आई.आई. का घरेलू बाजार में निवेश बढ़ता है? ऐसा होने पर रियल इफेक्टिव एक्सचेंज रेट (आर.ई.ई.आर.) में इजाफे

की उम्मीद की जा सकती है। इस दर का इस्तेमाल किसी देश की मुद्रा का मूल्य अन्य बड़े देशों की मुद्राओं के संबंध में किया जाता है। इसमें मुद्रास्फीति के प्रभावों को भी एडजस्ट किया जाता है। अगर आसान शब्दों में कहा जाए तो एफ.आई.आई. का निवेश बढ़ने से बाजार में तेजी का रूप देखा जाता है। खासकर उन शेयरों में बढ़त आती है, जिनमें एफ.आई.आई. निवेश करते हैं। इसके अलावा एफ.आई.आई. का निवेश बढ़ने से रुपए में मजबूती आती है। इससे घरेलू निर्यात भी प्रभावित होता है, क्योंकि उसके उत्पाद विदेशी बाजारों में महँगे हो जाते हैं। घरेलू बाजारों में निवेश बढ़ने से तरलता भी अधिक हो जाती है और इससे मुद्रास्फीति बढ़ने की आशंका रहती है। इससे जुड़ी गतिविधियों से आर्थिक स्थिरता प्रभावित हो सकती है।

एफ.आई.आई. की बिकवाली

जरूरत पड़ने और हालात खराब होने पर एफ.आई.आई. एकदम से बिकवाली करना भी शुरू कर देते हैं। इसका उदाहरण मंदी के दौर में देखा गया था। जब एफ.आई.आई. ने भारी बिकवाली की थी और घरेलू बाजार धूल चाटने लगे थे, उस समय छोटे निवेशकों को भी काफी नुकसान हुआ था और उनका इक्विटी पोर्टफोलियो घटकर आधा रह गया था। एफ.आई.आई. के निवेश और बिकवाली के बाजार पर बढ़े असर को देखते हुए निवेशकों को भी एफ.आई.आई. की चाल और वैश्विक घटनाक्रम पर नजर रखनी चाहिए। इससे निवेश के फैसले लेने में उन्हें आसानी होगी।

(13) फियर इंडेक्स?

वोलैरिलिटी इंडेक्स को फियर इंडेक्स के नाम से भी जाना जाता है। शुरुआत करनेवाले निवेशकों को यह जानकारी होनी चाहिए कि यह इंडेक्स बाजार की उथल-पुथल का हाल बताता है। यह इस बात की जानकारी देता है कि अमुक इंडेक्स आनेवाले 30 दिनों में कितनी उठा-पटक दर्ज

कर सकता है। मिसाल के तौर पर, वी.आई.एक्स. नेशनल स्टॉक एक्सचेंज (एन.एस.ई.) अगर 40 के स्तर पर है तो इससे यह संकेत मिलता है कि इक्विटी बाजार अगले एक महीने के दौरान 40 फीसदी तक उछाल या गिरावट दर्ज कर सकते हैं।

स्थिर बाजार में वी.आई.एक्स. सामान्य तौर पर 10 से नीचे रहता है। अगर वी.आई.एक्स. ऊँचे स्तर पर है तो इससे यह संकेत मिलता है कि निवेशकों में खौफ बढ़ गया है। बाजार में तेजी लौटने के पहले संकेत के तौर पर आप इस शानदार टूल का इस्तेमाल कर सकते हैं। अगर वोलैटिलिटी 20 से नीचे चली जाएगी तो आपका निवेश काफी हद तक सुरक्षित हो जाएगा।

□

उपयोगी पत्र-पत्रिकाएँ एवं वेबसाइट्स

बी.एस.ई. मुख्यालय

स्टॉक एक्सचेंज
फिरोज जीजाभाई टावर्स
दलाल स्ट्रीट, मुंबई -400 001
फोन :- 91-22-22721233/4
फैक्स : 91-22-22721552
वेबसाइट :- www.bseindia.com

एन.एस.ई. कॉरपोरेट कार्यालय

नेशनल स्टॉक एक्सचेंज ऑफ़ इंडिया लिमिटेड
एक्सचेंज प्लाजा, प्लॉट संख्या - सी./1, जी.-ब्लॉक
बांद्रा - कुरजा कॉम्प्लेक्स, बांद्रा (पूर्वी), मुंबई - 400 051
फोन : - 91-22-26598100-8114
वेबसाइट : - www.nseindia.com

सेबी मुख्यालय

सिक्योरिटीज एंड एक्सचेंज बोर्ड ऑफ इंडिया
मित्तल कोर्ट, बी-विंग, पहली मंजिल,
224 नरीमन पॉइंट, मुंबई - 400021
फोन :- 91-22-22850451-56, 22880962-70
फैक्स : - 91-22-22045633, 22021073
वेबसाइट :- www.sebi.gov.in

- www.bseindia.com
- www.nseindia.com
- www.sebi.gov.in
- www.equitymaster.com
- www.sharekhan.com
- www.capitalmarket.com
- www.indiabulls.com
- www.moneycontrol.com
- www.mutualfundsindia.com
- ww.myiris.com
- www.nsdl.co.in
- www.icicidirect.com
- www.indianinfoline.com
- www.investmentindia.com
- www.nyse.com
- www.nasdag.com
- Hindu Business Line
- The Economic Times
- The Business Standard
- बिजनेस स्टैंडर्ड (हिंदी)
- बिजनेस भास्कर

- Capital Market
- Business India
- Business World
- Business Today
- Outlook Money
- Dalal Street Journal
- Money Mantra
- मनी मंत्र (हिंदी)
- Bajaj Capital Investers India

□□□